シリーズ近江文庫
Ohmi Library

紋左衛門行状記

酒と相撲とやきもの作りの放浪人生

冨増純一
tomimasu junichi

新評論

2

4

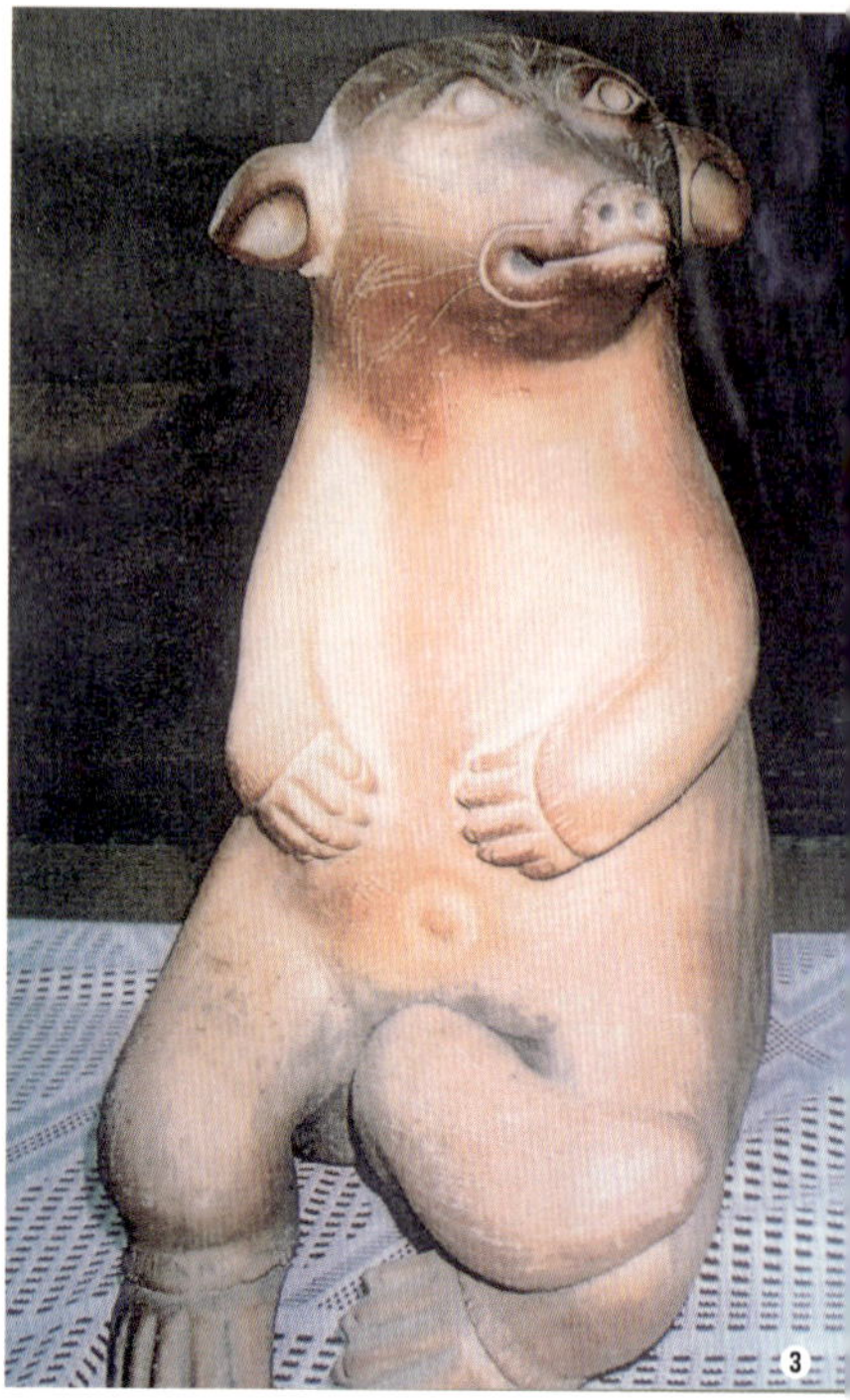

3

紋左衛門の作品

①大茶壺（慶応２年、直径70㎝×高さ115㎝）。直刻の銘が「紋」ではなく「門」になっている。
②牛の置物（横30㎝）。「壺信」の印がある。
③現存する信楽で一番古い狸の置物（高さ約50㎝）。
④猿の置物（高さ約30㎝）。
⑤火鉢。庚屋の貼付文、木の台に乗っている。
⑥火鉢。木の台に乗っている。
⑦火鉢の中底に見える紋左衛門の直筆（墨書）。
⑧壺の肩に押印されている窯印。
⑨耳付茶壺（高さ40㎝）。

10

11

信楽の窯風景

⑩昭和初期に使われていた登り窯（現在は廃窯）。
⑪登り窯の内部。棚組にして品物を焼く。
⑫古窯跡。室町時代の穴窯の発掘調査。
⑬現代の穴窯。
⑭現代のガス窯と台車に乗った製品。
⑮登り窯の内部を利用したカフェ。

16

18

17

20

19

㉑

信楽の観光

⑯保良の宮吊り橋（玉桂寺へ）。
⑰信楽高原鐵道の信楽駅のホーム。
⑱狸のまち信楽。
⑲滋賀県立陶芸の森。
⑳ MIHO MUSEUM。
㉑多羅尾の滝の脇にある磨崖石仏群（鎌倉時代）。
㉒平成12年、宮町遺跡の発掘調査によって天平時代の紫香楽宮の朝堂院跡が見つかる。

㉒

㉓新宮神社で行われる火祭りの式典。
㉔愛宕神社（陶器神社）。
㉕松明奉納。
㉖大正元年の信楽陶器陳列館。のちに信楽陶器工業協同組合の事務所。
㉗現在の信楽伝統産業会館。

まえがき

奥田信斎《おくだしんさい》（一八二二～一九〇二）信楽町長野の産。酒と相撲が好きで芸名を立浪紋左衛門といった。一八七〇年頃信州洗馬《せば》に築窯（→信斎焼）、八五年に洗馬を出奔、越後→井の口焼などで作陶後九二、三年頃甲州→秋山焼に現れる。九四年に同→小倉焼《こごえ》に移り、そこで没する。作品には緑釉をたっぷりと掛流した壺甕類が多い。「壺信」銘を用い、壺中に「叶」を窯印とした。

これは、『やきもの事典　増補』の記述を引用したものである。江戸末期から明治時代にかけて、この信楽の地に「奥田信斎」という陶工がいたことを証明する記述である。美男子で、しかも体格がよくて大酒呑みという豪快な男であった。この男、実は力士としても名を馳せており、四股名《しこな》を「立浪紋左衛門」と言った。

ある日、この陶工が、旧知の友人から依頼を受けて信州に行くことになった。妻子を残しての旅立ちであった。そして、出ていったきり、生家ですらどこに行ったのかが分からないという状態となった。

同じく信楽で陶工をしている私は、こんな男に興味をもつようになり、その足跡を調べるようになった。そして数年後、信州の赤羽と塩尻近くに位置する洗馬《せば》に信斎作のやきものがあることを知り、気持ちが高ぶった。そして、信州において、信斎は第二の家庭をもち、一五年ほど滞在していたことも分かった。「滞在していた」と書いたのは、こののち信斎はまたまた旅立ち、越後の能生《のう》へ行ったあと、老齢になってから甲州にまで足を延ばしているからである。

信斎は、当時の全国の陶工たちが行っていたように、全国各地を巡って自らがもっていた信楽焼の技術を伝授したり、やきもののない土地では窯を開いていった。そんな信斎が送ったであろう放浪の人生を、足跡調査をもとにして書いたのが本書である。

もちろん、詳細な資料が残っているわけではないので、ここに記す信斎の行状記はフィクションとなる。ただ、やきものに関する記述については、技術的なことや時代考証など、これまでの私の経験と研究・調査によるものであることをお断りしておく。陶工というなじみの薄い職業を取り上げたため、信楽焼の歴史や作陶の工程を「序章」で説明し、本編中でも専門的・技術的なことについては随時説明を織り込むことにした。多少読みづらいところがあるかもしれないが、ご容赦いただきたい。

原稿を書き進めていけばいくほど、さまざまなことが頭のなかを駆けめぐり、私を悩ませることになった。本人の考えや心を確認することのできないという苛立《いら》ちからである。そこで私は、信斎自身になりきって書き進めることで筆を走らせることにした。想像によって私が描いた物語を、果たして信斎は喜んでくれるのだろうか。ひょっとしたら、「いや違う！」と言って天国で怒っているかもしれない。

しかし、たとえフィクションであっても、このような男が信楽にいたという事実は変わらないし、その男が各地でやきもの作りにおいて貢献したということも事実である。窯を造ることができ、ロクロをひき、釉薬《ゆうやく》の調合までしたうえで施釉をしたという、製陶技術のすべてを習得していた信斎の半生を、一人でも多くの方に知ってもらうことが大切であるという思いで本書をまとめさせていただいた。

言うまでもなく、陶工である私は小説家ではない。それがゆえに、読者の方には大変煩わしい読書を強要することになるのかもしれない。その点に関しては、先ほどと同様、お詫びを申し上げておく。私の願いはただ一つ。語ることができなかった信斎の思いを、私が代わりに語ることである。

もくじ

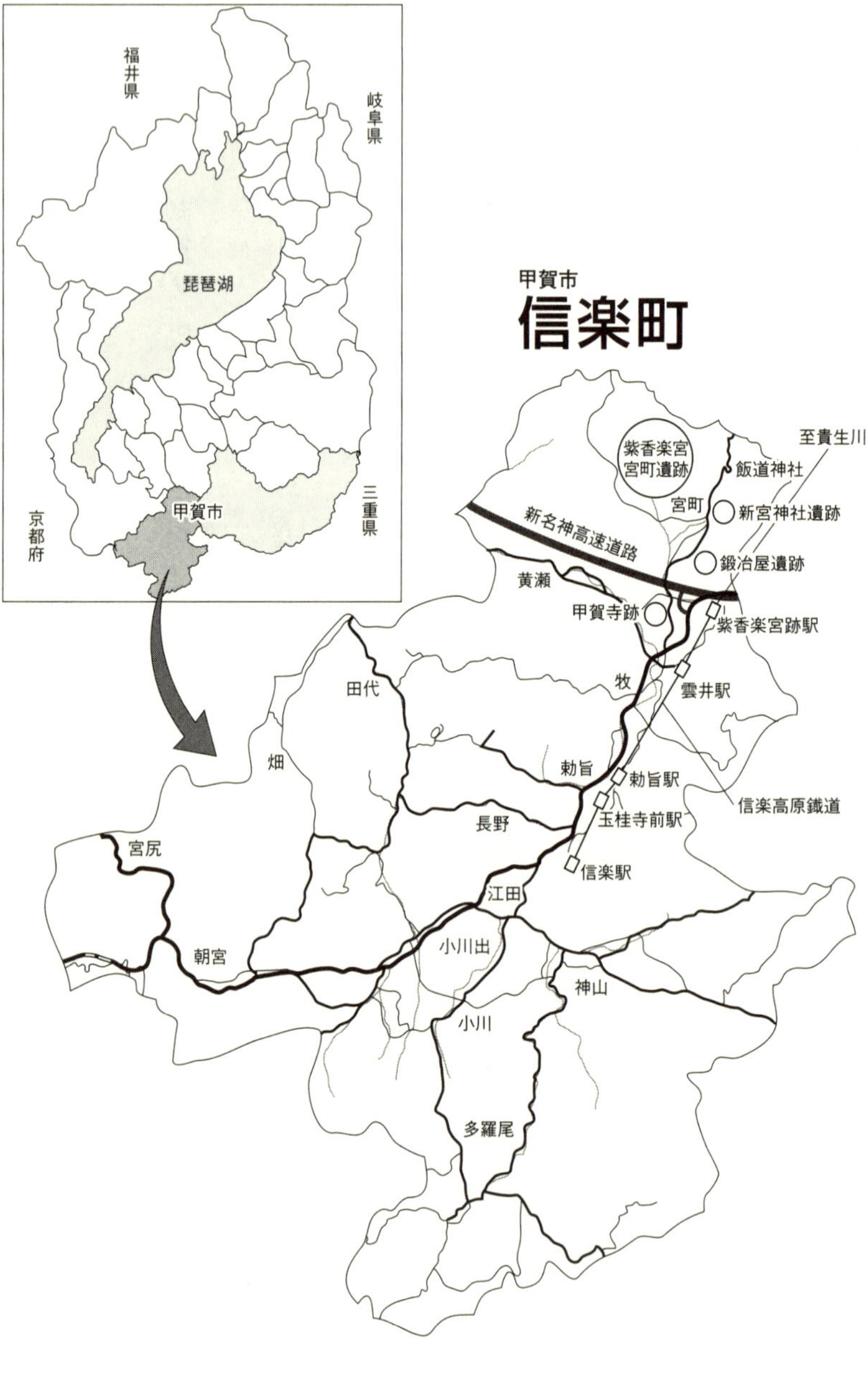
福井県
岐阜県
琵琶湖
甲賀市
京都府
三重県
甲賀市
信楽町
紫香楽宮
宮町遺跡
至貴生川
飯道神社
宮町
新宮神社遺跡
新名神高速道路
鍛冶屋遺跡
黄瀬
甲賀寺跡
紫香楽宮跡駅
牧
雲井駅
田代
畑
勅旨
勅旨駅
信楽高原鐵道
玉桂寺前駅
長野
宮尻
信楽駅
江田
小川出
朝宮
神山
小川
多羅尾

紋左衛門の放浪過程

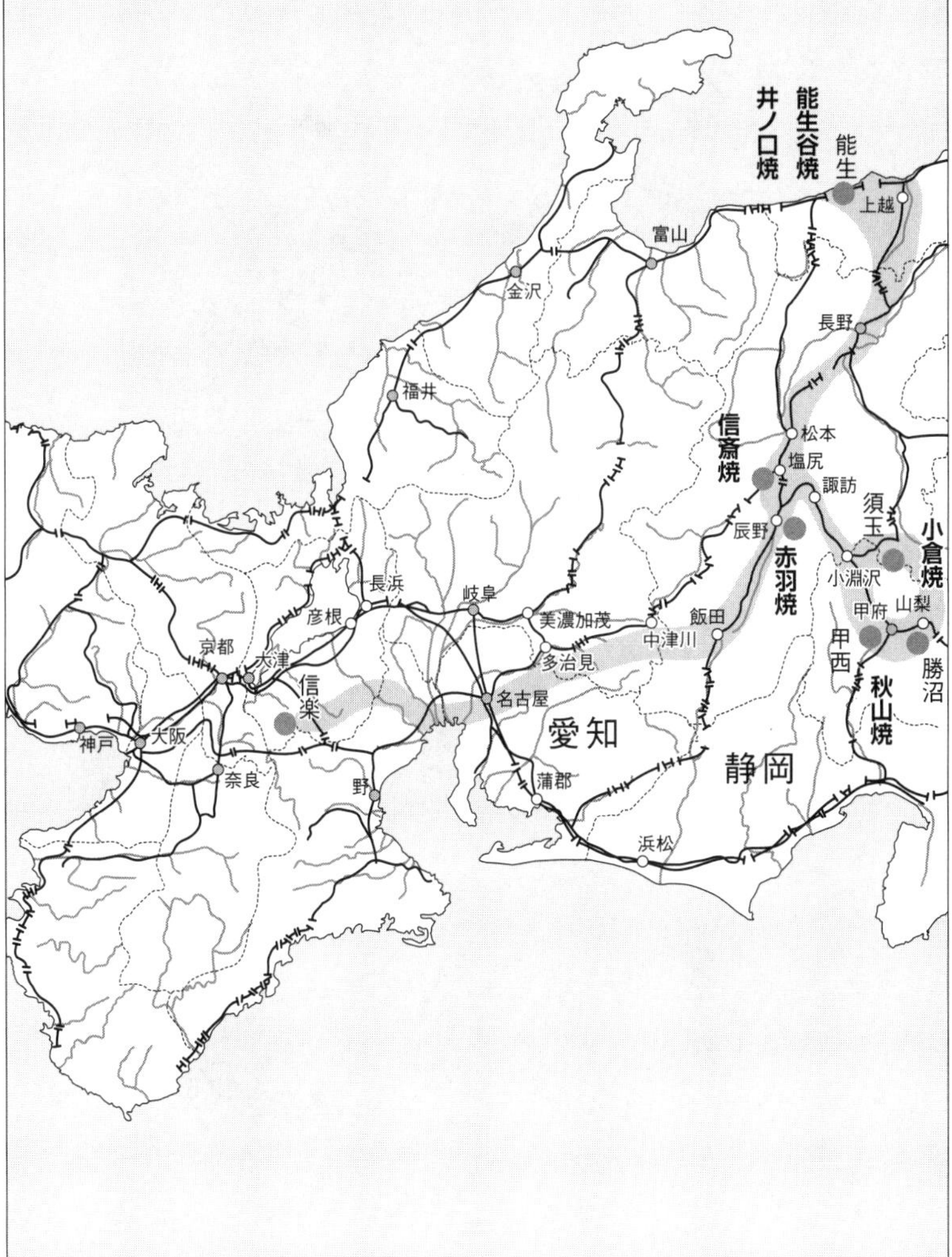

井ノ口焼
能生谷焼
能生
上越
富山
金沢
長野
福井
信斎焼
松本
塩尻
諏訪
須玉
小倉焼
辰野
赤羽焼
小淵沢
長浜
岐阜
彦根
美濃加茂
中津川
飯田
山梨
甲府
甲西
勝沼
京都
大津
信楽
多治見
名古屋
秋山焼
神戸
大阪
愛知
奈良
蒲郡
静岡
野
浜松

紋左衛門行状記

——酒と相撲とやきもの作りの放浪人生

序章

信楽焼とは

縄目文、檜垣文

近年、信楽焼は狸のやきものの産地として有名である。町にあるそれぞれの各陶器店には、大きな狸のやきものから小さなものまでが所狭しと並べられている。そんな光景も、「狸の町」としての知名度を上げているゆえんだろう。

昭和二六年（一九五一）一一月一五日、昭和天皇が信楽町（現・甲賀市信楽町）に行幸された際、沿道に日の丸を持った狸のやきものを並べて歓迎した。大変喜ばれた天皇は、のちに「おさなどき　集めしからに懐かしも　信楽焼の狸をみれば」という歌を詠まれた。これが切っ掛けとなって、天皇が幼いときに狸のやきものを集めておられたことが分かり、そのことが報道されたことで信楽の狸が全国に知られ愛用されるようになったのである。

もちろん、信楽狸には、昭和天皇の歌以外にも定説となっている謂われがある。「他を抜くから夕ヌキ」とか「子だくさんのために珍重された」と言われていること、そして顔が可愛いくて愛想がよいということで他の産地のものを圧倒して、「狸王国」をつくったとされている。実はこの狸、次のような「八相縁喜」と呼ばれている縁起を表している（石田豪澄和尚作の八相縁喜が使われた）。

・笠——思いがけない災難を避けるため、ふだんから準備
・笑顔——お互いに愛想よく

・大きな目――周囲を見渡し、気を配り正しい判断ができるように！
・大きなお腹――冷静さと大胆さを持ち合わせよう
・徳利――人徳を身に着けよう
・通い帳――信用が第一です
・金袋――すばり！金運
・太いしっぽ――何事もしっかりした終わりを！

縁起物ということで、江戸時代から商売繁盛や家内安全などを願って全国のさまざまな地でゲンを担いだ招き猫、福助、ダルマなどが置かれるようになってきたわけであるが、「信楽焼の狸」は案外歴史が浅く、作られはじめたのは明治時代になってからである。その本家と言われているのが「狸庵《りあん》」であり、そのホームページには以下のような説明がされている。

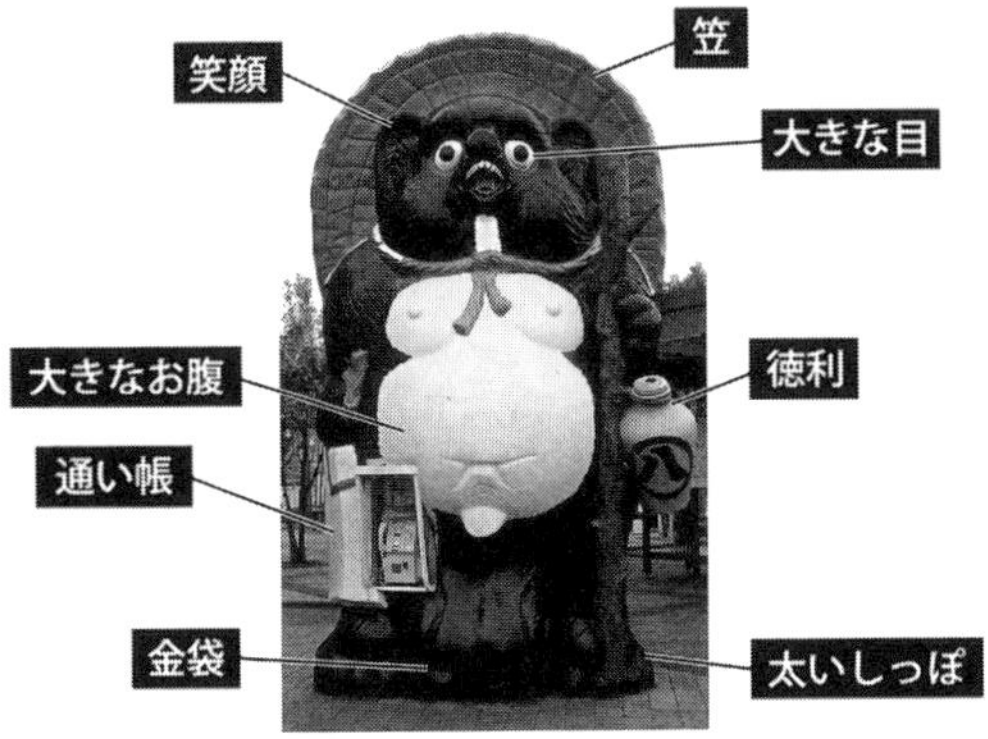

信楽たぬき八相縁喜
（出典：信楽町観光協会）

初代【狸庵】藤原鋳造氏が信楽狸の基礎を築くまで。

狸のやきものは、江戸時代から茶道の道具として、すでに焼かれていました。しかし、今万人ウケしている信楽だぬきは、楽しさとこっけいさと愛嬌が全身からあふれた初代【狸庵】の藤原鋳造ふうのタヌキがその原型となっているのです。

（中略）

狸庵たぬきスタイルの今昔。

初期の作品スタイルは、今の信楽狸よりも野性的でしたが、だんだんと愛らしいスタイルに改良されました。たとえば本物の狸のように前に突き出した鼻は、配送のときに割れてしまうので、ぐっと低くしました。そのように工夫をしていく上で、やはり顔も可愛いほうがいい、お乳も大きいほうが良い、腹も白いほうが良い、おなかは太っ腹のほうが良い……そんなふうにして、次々と工夫をこらし、愛嬌ある可愛いたぬきが出来上がっていっ

狸のやきもの産地「信楽」

――たのです。

ここに出てくる藤原銕造《てつぞう》が、京都・清水で明治三七年頃から狸を作りはじめ、昭和初期に信楽に移ってきて狸専門の窯元「たぬき屋製陶」を興し、さまざまな狸（六メートル三段継ぎのものからミニサイズまで）を焼いて「信楽狸の本家」と言われるようになった。つまり、信楽狸の基本は藤原銕造の狸なのである。その姿は、童謡に出てくる「雨がしょぼしょぼ降る晩に、豆狸《まめだ》が徳利もって酒買いに」というフレーズをやきものにしたもので、「酒買い小僧狸」と言われているスタイルが基本となっている。

現在は三代目となる藤原一暁氏のほか、初代のもとで修行した職人たちの跡継ぎが独立して、その伝統を守りながら「職人としてのこだわり」をもって製作を続けている。信楽には、狸作りの窯元が二〇軒以上もあり、年間の製作数は一〇〇万体に及んでいる。

実は、本書の主人公である奥田信斎（立浪紋左衛門）も、この信楽の地で狸のやきものを焼いている。それが、現存する最古の狸である。では、狸のやきものの発祥の地は信楽なのであろうか。筆者のこれまでの調査では、どうやら京都の粟田口から伏見で茶陶を主に焼いていた仁阿弥《にんなみ》道八《どうはち》（二代目高橋道八、一七八三～一八五五）が、狸のやきものを数多く作った人であるということが分かっている。「道八」と刻字した狸の置物を骨董店で多数確認したし、銘入りの狸の置物や香炉を所蔵されている人の作品も見たことがある。

　江戸中期になると、この二代目の道八が茶陶のほかに人物や動物、魚のたぐい（中国や朝鮮の写し）を作ったと言われているが、そのなかにある狸の置物も実物に近い顔をしている。当時の狸のやきものは、和服姿のもので品がよいだけでなく、僧の姿をした狸やお経を持った狸までが作られている。ただ、この時代のものには法橋道八（三代目高橋道八、一八一一～一八七九）の作品もあり、二代目か三代目かは識別できないものが多い。また、それ以外にも、青木木米《もくべい》（一七六七～一八三三）の作も残っている。

　いずれにしろ、狸のやきものは京都の道八作のものが発祥と言えると私は考えている。もちろん、萩や備前、常滑でも狸のやきものは焼かれている

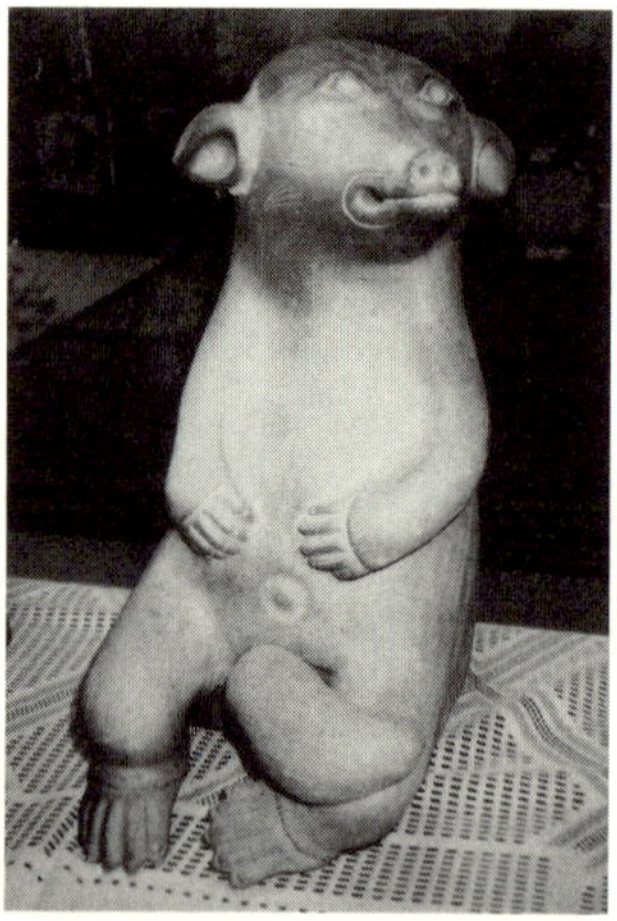

信楽最古の紋左衛門が作った狸

お経を持った狸

わけだが、どこのものであれ、「酒買い小僧スタイル」の裸の狸が流行した明治以降に、一般庶民の愛玩物として売れ出したわけである。現在、信楽の狸にはさまざまな種類のものがあって、見る人の目を楽しませている。

では次に、信楽焼の起源について説明をしていくことにする。以下は、かつてさまざまな媒体に私が書き記した信楽焼についての解説文を、今回の本書執筆に際して加筆修正したものである。

信楽焼の起源

一二六九年前の昔（天平一四年）、聖武天皇はこの信楽の地に都づくりをはじめられ、翌年の一〇月一五日には、この地に大仏を建立しようという「大盧舎那仏《るしゃなぶつ》造立の詔」を発せられた。そして、天平一七年（七四五）、天皇がここで元旦を迎えられ、皇都の証とされる大槍楯を宮門に立て、朝賀の儀や歌会を催されたと考えられている。紫香楽宮《しがらきのみや》があった地で、現在は滋賀県甲賀市信楽町となっている。須恵器《すえき》、土師器《はじき》の流れをくんで、無施釉の陶器作りへと発展していった信楽焼の原点がここにあると言われている。

日本六古窯《ろっこよう》の一つと称される信楽焼は、『工芸志料』(1)によれば、鎌倉時代中期（弘安年間）から穴窯によって壺、甕《かめ》、擂鉢《すりばち》などのやきもの作りがはじめられ、日本独特の陶器産地としての歴史がはじまったとされている。

焼成によって得られる温かみのある「火色（緋色）」の発色と、自然釉による「ビードロ釉」と「焦げ」の景色の味わいは、土と炎が織りなす芸術としてよりやきものを引き立たせ、その素朴さ、渋さは「わび・さび」の妙味を現出し、枯淡に生きる日本人の風情を表したやきものとして古くから脚光を浴びた。室町、桃山時代の茶道の興隆とともに茶人に愛され、とくに、信楽焼の茶陶は、茶道の奥の院の道具として珍重されるようになった。

宮町遺跡の発掘現場

天平紫香楽宮想像図

江戸時代に入り、登り窯が使われるようになってから、やきものは庶民生活の日常必需品として幅広く使用されるようになった。とくに、茶壺を主として水壺、味噌壺、紅鉢、団子鉢、擂鉢《すりばち》、徳利、焼酎瓶、土瓶、皿類など他品種にわたり、大量に生産されることになった。

明治時代には、神仏具、灯具、酒器、茶器などの小物陶器も大量に焼かれ、壺類、糸取鍋、火《ひ》鉢《ばち》などの大物も大量に生産されるようになった。また大正時代には、硫酸壺やインク瓶など耐酸耐水陶器が焼かれた。とくに、明治三五年に設立され、翌年から本格的操業がはじまった「模範工場」での技術指導のため、九谷や清水の技術者を場長に招聘した効果もあって、飛躍的に信楽焼の技術・技法が向上した。

江戸時代にはじまった火鉢の生産は年々増産の一途をたどり、明治、大正、昭和の主力製品としてあらゆる寸法、形状、装飾のものが大量に焼かれ、昭和三〇年代まで続いた。電気、石油暖房器具の発達で火鉢の需要は終末を迎えたが、昭和四〇年頃からは植木鉢の生産が主力となり、

（1）　日本で「工芸」の用語を使用したのは、明治四年（一八七一）、思想家西周が最初だと言われている。この年、サンフランシスコ博覧会が開催され、七三年にウィーン、一九〇〇年にはパリで万国博覧会が開かれた。海外の博覧会に参加することを奨励していた明治新政府は、パリ博の際に大規模な参加計画を立て、それに合わせて、当時の内務省博物局の黒川真頼に『工芸志料』を編纂させた。これが、日本で最初の工芸に関する文献となる。大谷明稔著「近代工芸の流れと工芸教育について」参照。http://web.kyoto-inet.or.jp/people/kannabi/

表1　江戸から明治時代に作られた製品一覧（著者による品名調査）

・茶壺	・水壺	・梅壺	・味噌壺
・塩壺	・油壺	・お歯黒壺	・煎餅壺
・酒壺（焼酎瓶）	・貧乏徳利	・置徳利（カブラ徳利）	
・燗徳利	・銚子	・燗瓶	・酒注《つぎ》
・盃	・紅鉢	・団子《だんご》鉢（こね鉢）	
・煮しめ皿	・大皿	・小皿	・煮物鉢
・片口	・行平	・土瓶	・汽車土瓶
・土鍋	・ホーラク	・ゴマいり	・水差
・湯呑	・御飯茶碗	・ウニ入れ	・べにちょこ
・お歯黒皿	・薬飲み	・鳥の餌入れ	・鶏の飲水器
・神仏具（荒神花立		・花立	・神酒《みき》徳利
・瓶子《へいし》	・神酒《みき》筒	・線香立	・ロウソク立
・香炉	・仏器（四つ茶碗）		・洗米皿
・灯明皿	・灯台	・火用足《ひようそく》	・カワラケ
・カンテラ	・大便器（下箱）	・小便器	・溲瓶《しびん》
・手洗鉢	・湯丹保《ゆたんぽ》	・火鉢	・金魚鉢
・水蓮鉢	・水鉢	・花瓶	・植木鉢
・花台	・灯籠《とうろう》	・置物など	

現在の信楽焼の製品

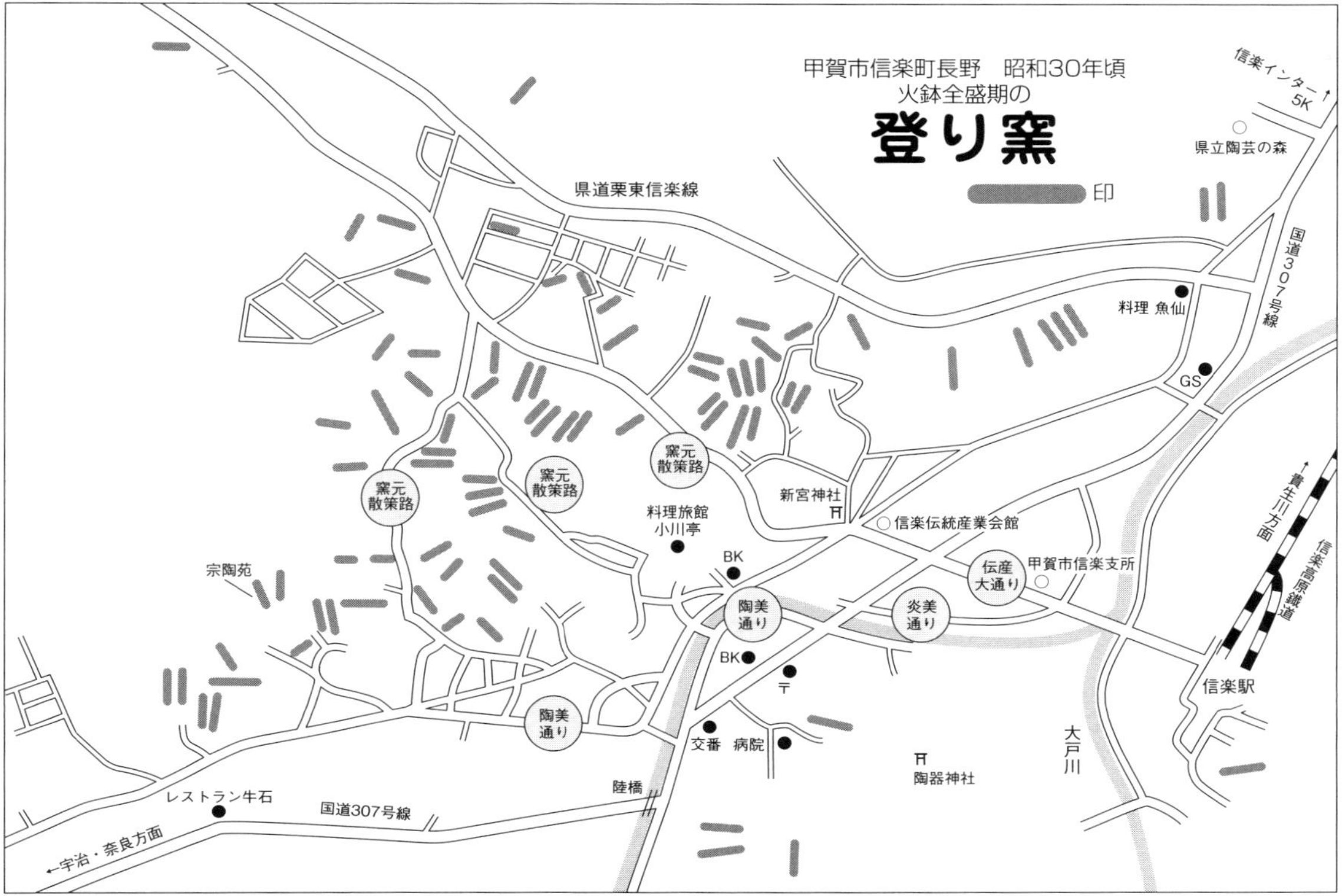

注：現在、定期的に使用されている登り窯は宗陶苑と陶芸の森にあるものだけです。

登り窯から平地窯に移行したのちは植木鉢や盆栽鉢が作られるようになった。そして、昭和五〇年頃からは大型の陶板など建築陶器が伸び、インテリア、エクステリア、植木鉢類、食卓用品、花器類など多種多様なやきものが年々開拓され、そのバラエティに富んだ信楽焼は、日本を代表する陶器産地として大きくクローズアップされるようになった。

このように、信楽焼は創始時代から「炎」が一日も絶えたことのないやきものの里なのである。日本のやきものは、縄文式土器、弥生式土器、ハニワ、土師器、須恵器と平安時代まで変遷推移し、九〜一〇世紀ごろに瀬戸で山茶碗が作られ、一一世紀頃から作られた無釉陶の焼成が陶器のはじまりとされている。そして、一二世紀（平安後期）から常滑・渥美地方地方をはじめとして各地に穴窯による陶器作りが広まり、越前・珠州・丹波・備前などへと陶器の産地が形成されていったのである。

信楽はというと、これまでの古窯跡調査によると平安時代のものはなく、先ほど挙げた『工芸志料』によると、「弘安年間（弘安四年・一二八一年）」からとされている。また、平成一六年（二〇〇四）の発掘調査で、黄瀬《きのせ》地区にある「半シ古窯跡」から常滑式の分煙柱構造をもった穴窯が見つかったほか、その周辺から出土した陶片が常滑と似ていることから、信楽は常滑の影響を受けて鎌倉時代の中期頃（一三世紀末）にはじまったのではないかとされている。

このような歴史がゆえに、「日本六古窯《ろっこよう》」の一つとしても全国的に知られた存在となっている。

日本六古窯とは、中世より継続している古い窯のなかで、後世において大きな産地となった代表的な六つの窯のことである（ちなみに、他の五つは、瀬戸焼、常滑焼、越前焼、丹波焼、備前焼）。古陶磁研究家の小山冨士夫氏(2)によって昭和二三年（一九四八）頃に命名され、信楽焼はそのなかの一つとされている。土味を生かした素朴な風合いが、時代を超えて多くの人々に愛されてきたのである。

ここで強調したいことは、昭和三〇年代まで日本の暖房具として一〇〇年余も全国的に使われた火鉢をはじめとする壺

---

(2)（一九〇〇～一九七五）作陶家でもある。現在の倉敷市に生まれる。一九二三年、東京商科大学を中退して陶工の道に入る。しかし、一九三〇年に古陶磁研究に転じ、東洋陶磁研究所、文部省文化財保護委員会などで研究。その後、再び作陶活動をはじめ、一九六六年には鎌倉市に「二階堂窯」を開き、一九七二年には岐阜県土岐市に「花の木窯」を築いた。

終戦後、火鉢は全国の80％が信楽で作られていた

や鉢の重量品（大物陶器）のほとんどが、私の窯がある長野村（現・滋賀県甲賀市信楽町長野）で焼かれていたということであり、その事実は今も変わらないということである。このような事実をふまえると、ここ「長野」が信楽焼の本場と言えるだろう。その本場に、文政四年（一八二一）、本書の主人公である奥田信斎（立浪紋左衛門）が生を受けた。

それでは、「信斎とはどんな人物であったのか?」。その話に入る前に、江戸時代にはじまったとされる登り窯による陶器作りがどんなものであったのかを説明したい。というのも、その作業の大変さを少しでも知っておいていただかないと、信斎が生涯をかけてやったことのすごさが理解されないと思われるからである。

まずは、信楽の土について説明しておこう。何と言っても、土がなければやきものは焼けない。そして製陶工程を説明し、続いて窯《かま》搗《つ》き（窯造り）がどのように行われていたのかを説明していく。

信楽の土

信楽の陶土は、世界に誇れるほど素晴らしい陶土である。「古信楽」は、日本のやきもののなかでも最高の観賞美をもっていると多くの識者が言うぐらいである。前述したように、独特の「火色」の美しさ、また温かさが火の芸術とともに焼きとどめられているのが特徴で、薪の灰による「自然釉」の発色、つまりビードロと焦げの自然釉が、無造作に、気まぐれに焼かれて出てくる素朴な「わび、さび」の風情を表現し、古淡に生きる日本人の面影が現れている。それは、陶土がよいことの証《あか》しである。

縄文式、弥生式、土師器と受け継がれてきた日本人の土器、それを陶器に発展させて、温かさの火色に人間味を表現した土味を見せつけるやきもの。「古信楽」こそ、日本を代表するやきものである。

信楽粘土として採掘される鉱床地帯は、地質学上「古琵琶湖層群」と呼ばれており、古代琵琶湖の湖底堆積植物が分布した地帯で、その成因は花崗岩の風化生成物が堆積したものと考えられている(3)。

考えてみれば、信楽のやきものと土は、古琵琶湖が与えてくれた天与の資源なのである。今の琵琶湖になる前、八〇〇〇万年前から六〇〇〇万年前、火山活動によって地下のマグマが吹き出

---

(3)「琵琶湖は約五〇〇万年前に三重県伊賀上野地域で発生し、北へ移動しながら現在の位置に変遷してきた(琵琶湖移動説)。この変遷の過程は、伊賀上野地域から湖東・湖南・湖西地域にかけての丘陵地に分布する淡水生の湖沼・河川堆積物からなる地層の調査・研究で明らかにされてきた。この地層は古琵琶湖層群と総称されている。伊賀上野から湖東にかけての地域には、伊賀湖(四八〇万~四四〇万年前)・佐山湖(三〇〇万~二五〇万年前)・蒲生湖(二五〇万~一五〇万年前)といった湖の古地理が復元されている」(『滋賀県の地名』三九ページ)

して地中に花崗岩ができ、それにマグマのガス成分が多くなって結晶して長石や石灰岩ができた。

一五〇〇万年から五〇〇万年前、火山灰が粘土に変質し、陶土層が堆積された。三〇〇万年から一〇〇万年前、琵琶湖（現）の沈降が進み、佐山湖も消えて甲賀全域が針葉樹の大密林地帯を形成した。その頃、母岩の位置から遠くへ水流などによって流され、また植樹物が混ざって埋もれ、流されて水簸《すいひ》された状態で沈積し、長年にわたって腐って粘土質に混じわり、自然水簸によって粒子が微細となった「木節《きぶし》粘土」を生成した。やきものに一番大切で必要な土。可塑性《かそせい》（ねばり）があり、細かく滑らかな作りやすい土である。焼き上げると、その土肌は純白に近く細密である。

一方、「蛙目《がいろめ》粘土」は、花崗岩の風化によってできた粘土質が雨水などによって異動した標積粘土で、カオリン鉱物と石英（珪石）粒子がそのまま粘土中に多量に含有している粗粒子粘土で、有機物は少なく、耐火度が高い。したがって、焼きが締まりにくく荒い土肌となる。そして、「実《み》土」は砂の少ない細かい土であるが、可塑性が乏しく、成形すると水切れして作りにくい。

古信楽自然釉（火色・ビードロ・焦げ）

古代の須恵器はこの土を使っていた。信楽では、これらの三種の土を混合して使っている。

製陶工程

製陶は、何といっても土の用意からはじまる。まず、陶土を採掘してきてから調土という作業を行う。調土とは、精錬をすることである。そして、成形（土でものを成形する）だが、これには「ロクロ成形」（大物、小物）と「手ひねり成形」があったが、明治・大正時代からは石膏型による押型成形や機械ロクロの成形になっていった。本書の主人公が行っていたのは、もちろんロクロ成形である。

成形が済むと乾燥させ、約七〇〇度で素焼をするか、そのまま施釉をすることになる。つまり、装飾を兼ねるさまざまな技法を用いて釉薬掛《ゆうやくが》けをするわけである。施釉するための釉薬の調合は、親方または先祖から研究を重ねられてきた秘伝となっており、できのよいものを焼くためには、この釉薬の調合技術が秀でていることが何よりも大切となる。

次に窯詰めであるが、登り窯の場合、四、五人が一つのグループとなって、詰める人とその手助けをする人に分かれて作業を進めることになる。大切なことは、窯の部屋（間《ま》）ごとにどのような仕組み（配置）にするかということと、積み上げていく技術である。この作業も、豊富な経験を積んでいないことには要領が分かりにくく、そのうえ腕力と体力が必要とされる。かなり重

明治
信楽焼製陶工程図
土堀
土砕
土運

乾燥
ロクロ成形
小物ロクロ成形

調釉
窯詰
釉掛

窯焚
窯出

いものを両手で持ち上げて運び入れ、高い場所に、ほかの作品に触れないように持ち上げなければならないのだ。

これを繰り返していくわけだが、登り窯の間は傾斜によって三室から一一室（最大で一四室あった窯もある）もあるため、想像以上の体力を必要としたことは言うまでもない。

すべての間《ま》に詰め終わると、入り口を戸《と》マクラ（土のブロック状のもの）で積み上げて蓋をし（閉鎖）、一番下の火袋（「胴木の間」ともいう）から薪に火をつけて焙り（予熱）をして窯焚《た》きとなる。同じく下の間から順番に焼き上げていく。窯焚きの日数は、窯の大きさによって変わるが、火袋の焙りに一日から二日、間焚きに二日から六日かかった。そして、焚き終えてから二、三日はそのままの状態で冷却させる。

そして、窯出しであるが、多くの人を動員して、室内の解体役と運び役などに分かれて焼き上がった品物をすべて外へ運び出すことになる。

以上が、登り窯の「一登り」（全室）を焼成するまでの作業工程である。これを一年間に何回焼くかによって窯元の大きさが分かる。人手が少ないところは年に一、二回しか焼けないが、多くの職人を雇っている窯では年に一〇回も一二回も焼いていた。また、窯を二基もっていたところもあり、そういうところでは交互に窯入れを行っていた。

窯搗《かまつ》きの順序

一一室にもなる登り窯を築くには、かなりの経験と実績のある指導者が必要となる。現在で言うところの設計管理者である。それを生業《なりわい》としているのが窯搗き業なのである。登り窯を築く工程は以下に示す通りだが、場所選びから原材料の確保、そして実際の建築まで、親方の指導のもとに工事が進められることになる。本書の原稿をほぼ書き終えてから分かったことだが、主人公である奥田信斎（立浪紋左衛門）の家系は、かなり昔から窯搗き業を営んでいた。

①**地割り**――窯の大きさにあった山肌の適地を選定し、登り勾配に沿って整地する。

②**設計**――その窯地の面積や寸法を測って、設計図をつくる。その際、地面にも図面通りの配置図を書く。

③**素屋建て**――窯体に合わせて上下左右に柱を立て、屋根をつける。この屋根は、江戸時代の初期は藁葺き、のちに板葺きとなり、トタン葺きへと推移した。

④**敷障子《しきしょうじ》**――図面に合わせて「マクラ」と呼ばれる耐火粘土を角形にタタキ固めて乾燥させ、ブロック状になった板を窯の基礎となる下部の要所に設置する。

⑤**間《ま》を造る**――窯の大きさにもよるが、一般的に間（部屋）は八室から一三室の連房式になっていて、敷障子の段階で全体の窯の形が決められる。なお、地面の勾配は、下部が三寸三分とな

っており、上部になると三寸の勾配とされた（一尺の平面に対して三寸三分で登っていく傾斜をつける）。この傾斜が登り窯の特徴で、燃焼した炎や熱、煙が上へと吸い込まれ、燃焼効率をよくしたり、次の間への予熱に活かされることになる。

⑥**一番《いちばん》土塀《どべい》**——マクラ基礎を土で囲む土塀（土囲ともいう）をつくる。

⑦**立《たち》障子《しょうじ》**——マクラ基礎の上へ障子並べをする（「障子穴」とか「サマ穴」ともいう）。

⑧**二番土塀**——その上に「二番土塀」をつける（土囲ともいう）。

⑨**天井づくり**——窯の各室の下部ができあがると、次は各室の天井部分の工事に移る。カマボコ状の天井部分を上に載せる工事で、高温で燃焼しても天井が落下しないように造ることになる。そのため、間ごとに籠編みをする。山でまっ直ぐな長い

現在にまで残る登り窯

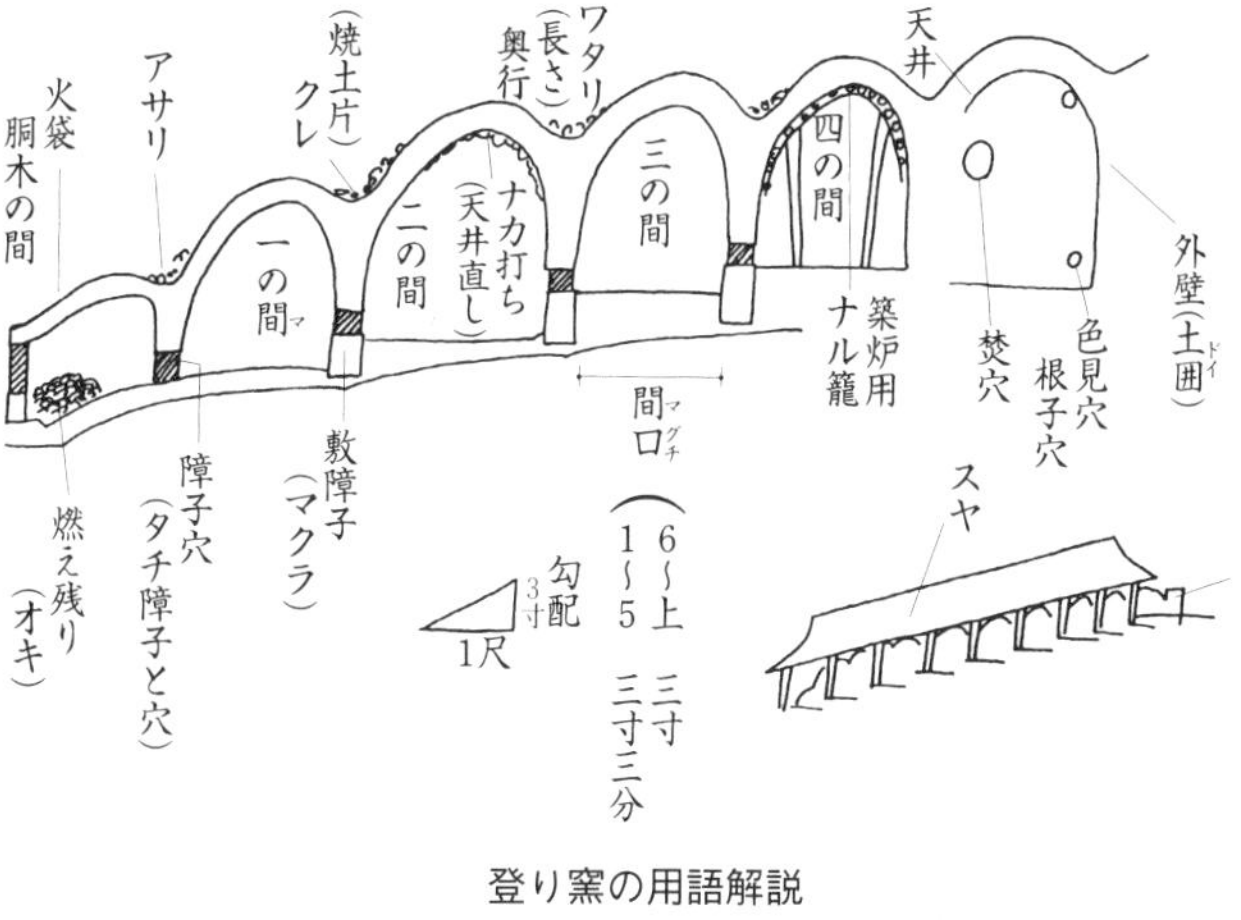

登り窯の用語解説

木枝（ナルという）を取ってきて、それを半円形に曲げて篭を編んでいく。
⑩天井上げ——篭の上に「クレ」と呼ばれる焼土片や窯壁の焼けた破片を乗せ、その周囲に「窯《かま》土《づち》」と呼ばれる耐火性の粘土をまんじゅう状に打ち付け、厚みをつけて各間の天井を造る。天井上げは、家族、親族、近隣の人たちからの応援を受けての共同作業であった。
⑪大直し——窯の壁が乾燥してゆくのを待ち、間内のナルと篭を解体撤去し、内面から天井部分の「内打ち《なかうち》」をする。土まんじゅうを打ち付け、壁面を平らに整えてゆく。
⑫素焼き——乾燥するのを待って、窯の壁が焼成に耐えられるよう、最初に素焼きをする。
⑬仕上げ——本焼きをする窯詰めの前に、もう一度窯土（ニコ土）で仕上げの内打ちをする。

いかがだろうか。多少なりともご理解いただけるようにと写真や図も掲載させていただいたが、窯《かま》搗《つ》きがいかに大変なものであったかが分かっていただけたと思う。先ほども述べたように、本書の主人公である奥田信斎（立浪紋左衛門）は、この窯搗きの技術を習得していたことを忘れないでいただきたい。

さてそれでは、以下でこの主人公の足跡を追っていくことにする。ただ、その主人公の名前の表記に関しては、前半を「紋左衛門」、後半を「信斎」とさせていただくことをお断りしておく。その理由は、彼の足跡の地に残っている作品に押されている陶印による。

第1章

信楽での紋左衛門

文政４年(1821)～明治元年(1868)頃

代官屋敷での相撲大会

現在、滋賀県甲賀市信楽町長野となっている地域は、明治時代には滋賀県甲賀郡長野村と言われていた。その長野村で代々陶器を焼く窯元の息子として生まれてきたのが、この物語の主人公である紋左衛門（のちに信斎《しんさい》と記す）である。

文政四年（一八二一）に生まれ、壮年時代に相撲道に入り（四股名《しこな》は立浪紋左衛門）、体躯二七貫（約一〇一キロ）の大男であった。大変な酒豪で、一日に九升は空けたという。老年になってからも体重は二〇貫あり、三升は飲めたと言われる当時の豪傑であった。

明治元年（一八六八）、鳥羽伏見の戦いのときには相撲取りとして御所に裸で詰め、天皇から関の孫六の刀を下賜されている。また、信楽にあった多羅尾代官所のお抱え力士となり、各地の宮相撲に出場するほか、全国巡業の力士となって弟子一〇〇人をかかえ、さまざまな所での辻相撲などにも出場したという。

体格がよいだけでなく、美男子でもあった。その巨体を生かし、家業である陶器製造業（窯元）の跡継ぎとして、若いときからロクロでの成形を習い、高さ五尺以上の大きい茶壺から小さな茶壺や鉢類を中心にロクロびきを行っていた。また、その巨体に似合わず手先が器用で、牛や蛙、猿を自宅で飼って、その動作や姿をよく観察してはやきものとして作ったり、狸のやきものまで作っていた。

紋左衛門の陶印（窯印《かまじるし》・雅号印）は、「丸に信」、「楕円形の中に壺信」、「壺形の中に叶」という三種の押印をしている。また、作品の生素地《なまきじ》のときに、ヘラで「門左衛門」と直刻している。なぜ、「紋」ではなく「門」と直刻したのかは不明であるが、信楽に現在も残っている壺や井戸枠には「門左衛門」と直刻されているものが確認されている。

窯元であった紋左右衛門の家では、親方（戸主）が代々受け継がれてきた伝統技術や技法を駆使して、陶器作り全般にわたって事業経営を行っていた。そして、登り窯を築く窯搗《かまつ》きの技術を受け継ぐ専門職を兼ねていたことも分かっている。

その紋左衛門が信楽で焼いていた頃の同業者であり、ロクロびきの仲間であった腕のよい陶工たちがいた。江戸末期から明治にかけて、信楽でやきもの作りを営み、またロクロ師として活躍していた当時の「名工」と称される人たちの名前が資料に残っているので紹介しておく（**表2**を参照）。

徳川幕府は、江戸時代の初めに「御茶壺制度」を設け、茶壺に詰めた宇治茶を江戸まで運ばせるようにした。その茶壺も「上焼」と「並焼」に分けられ、上焼は幕府や御宮用の御進献に用いられ、並

焼は諸大名や御霊用として使われた。

　献上茶壺は元和三年（一六一七）からはじまっており、当初、瀬戸などの陶工が納めていたが、元和八年（一六二二）からは信楽の陶工にも下命された。それぞれ、その土地の最高の技術者を指名して「御茶壺師」の称号を与え、その人格、技量ともに秀でていることから「庄屋」にも任命され、当時としては異例の苗字帯刀が許されたという。

　献上茶壺の形や釉薬は指定されており、四つの耳付《みみつき》で（小壺は二つ）、腰から下は白色釉、上部は茶や黒釉を施し、その胴の肩あたりから渥釉《あくゆ》を流し掛けしたものとなっていた。これらの

表2　紋左衛門がいた頃の信楽の名工　（　）内は屋号

文化年間生まれ	・谷井利十郎（初代直方） ・奥田伝七郎（二本丸） ・御茶壺師の次郎兵衛 ・同、六兵衛。
文政年間生まれ	・御茶壺師の小川善右衛門（信開山） ・同、石野五兵衛（石五） ・同、石野伊兵衛（㊂） ・今井万五郎（信光山） ・今井力三郎（初代道平） ・奥田長左衛門（信長山） ・高橋藤左衛門（初代楽斉）
天保年間生まれ	・雲林院伴蔵（宝山） ・今井長兵衛（信福山、信福長）
安政年間生まれ	・高橋徳松（高山） ・今井重作（壺寿）など。
元治年間生まれ	・今井金作（二代道平）

取り決めに従って焼くわけだが、検査も厳しく、一〇本に一本しか合格しないということであった。

＊

御茶壺師の称号を受けた善右衛門の屋敷。さすがに庄屋の屋敷だけあって、葛屋葺きの、引き戸や濡れ縁もある豪壮な家屋である。主屋の横には、ロクロ成形などをするための作業場が見られる。

庄屋の座敷に、長野の陶工たちが集まって話し合っている。名字帯刀が許されている名家の小川善右衛門と石野伊兵衛、そして伊兵衛の親戚である石野五兵衛がいる。そのほかにも、のちに今井姓を名乗った万五郎と力三郎、そしてのちに奥田姓を名乗った長左衛門とともに紋左衛門もいた。

彼らの作った茶壺には、当時流行していたのか、陶印（窯印・雅号印）が押印されているものが多い。現代の陶芸作家は底に押印するのが普通となっているが、江戸末期

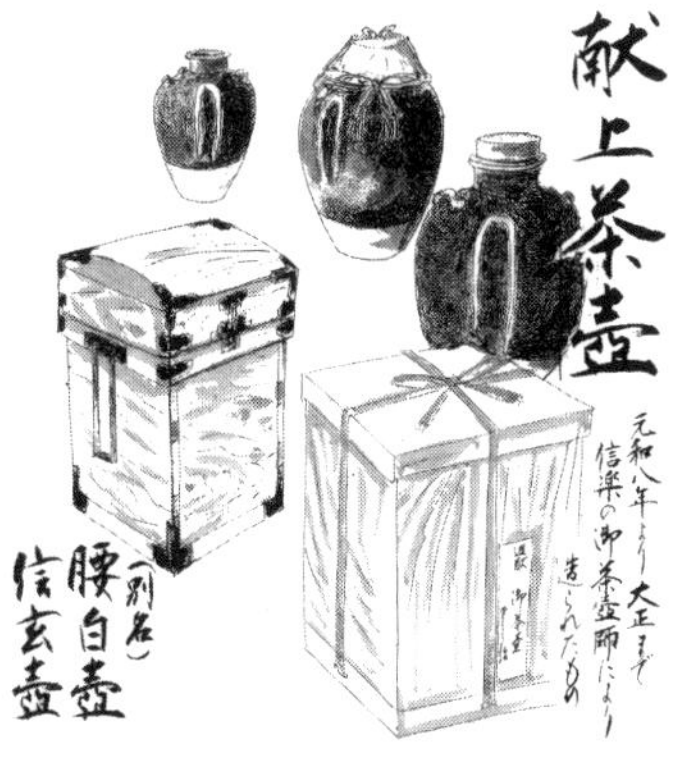

から明治時代にかけての茶壺には、首の部分や肩の部分に押印するのが通例であった。

この場に集まって雑談している面々は、親の代を継いで家業の陶器製造業（窯元）の親方ばかりである。三〇代から四〇代の長野を代表する男たちであり、みんな大物ロクロをひいて登り窯で焼成している。

「幕府から献上茶壺を献納させてもらう光栄に授かったが、これによって全国に信楽焼の名を知らしめることになったわい」と言う善右衛門の言葉に続けて、学識のある伊兵衛が次のように言った。

「幕府が信楽焼を指名したのは、家康さまの進言があったからやと思う。家康さまは、『本能寺の変』と言われた天正一〇年、堺見物の帰路に信長が明智光秀に暗殺され、次は自分を狙っていることを察知し、東海道を通れば命がないと悟って裏街道を通って逃げられたんや。同行していた重臣や服部半蔵の進言により、宇治田原から信楽の小川城、御斎峠《おときとうげ》を越えて伊賀に入り、柘植《つげ》、加太峠越えで伊勢の白子浦に到達し、海路で三河の岡崎に戻られた。俗に『家康さまの伊賀越え』と言われている決死の三日間にわたる逃避行だったんや。土豪やった多羅尾一族に助けられたその恩義を忘れずに、家康さまは多羅尾家に代官職を任命され、信楽の愛宕神社の分霊を芝の愛宕神社に移し祀られたそうや」

「そうや、家康さまは、この伊賀越えのことを人生最大の危機やったと申されていたそうな」と

五兵衛が言えば、

「そんなことから、信楽はやきものの産地であることも家康さまの耳に入り、御茶壺も信楽でつくらせよ、と申されたんではないかと思うんだが」と伊兵衛が補足している。

みんなも「そうかも知れんな」とうなずいている。

「そやかて、御茶壺師に任命してもろうてほんまに光栄やが、粗相なことはできひんでえ。検査が通るまでは気の使いっぱなしや」と言う善右衛門に向かって、紋左衛門があきらめ顔で言った。

「わしらは、とってもそんな仕事できひんわ」

すると、長左衛門が紋左衛門の肩をもつように、「お前は、大きなもんつくるんやったら負けへんやろうが」と慰めた。

「信楽は茶壺で有名になってるが、そろそろ次のもん考えんとあかんで」

思案顔の万五郎の言葉を受けて、善右衛門が力三郎のほうを向いて言った。

「そや、そや、道平はん。あんた、壺に染付の絵を描いてんらしいが……」

「ほうや。安南写しの染付を信楽の壺に取り入れたらどうかと、今やりかけてるとこやねん」

力三郎が自慢顔で答えた。

「絵を描くのは道平さんの特技や。わしら、絵は下手くそでできんわ」と、紋左衛門。

「そういえば、この頃火鉢の大きいのを作ってくれという注文が入ってきとるが、ひょっとした

ら、これからは火鉢《ひばち》がどんどん売れんのと違うか」と万五郎が言うと、

「今までは手焙《てあぶ》りの火鉢程度の小さいもんばっかりやったが、尺から尺五ぐらいの火鉢が売れるようになるかもしれんな」と、長左衛門が天井を見つめながらつぶやいた。


火鉢とは、言うまでもなく炭火を使った暖房具である。縄文時代から日本民族は、竪穴住居の中心に穴を掘って薪などを焚き、炊事や暖房に使っていた。奈良・平安時代になると、貴族社会では炭火を用いて室内を暖房するようになり、炭櫃《すびつ》や火桶《ひおけ》、火舎《ひいれ》などを暖房具として使用するようになった。その一方で庶民は、木枠で囲んだ囲炉裏《いろり》を設けて暖をとった。

のちに、中国や朝鮮から銅器、真鍮《しんちゅう》などの火鉢、手焙りが入ってきた。大陸の文化の影響を受けて、筒型や円形、脚付きの火鉢が上流社会で使われるようになったほか、木製の長火鉢が日本独特の帳場で使われるようにもなった。

江戸時代に入って、一般庶民の生活に家具が備えられるようになる。とくに、やきものが必需品となって、さまざまな器や容器が普及することになった。暖房具も、金属のものに比べると安価ですむため、江戸時代の中期以降は筒型の手焙りが使われるようになった。

信楽でも、そのころから「高麗筒」と称される手焙りが焼かれはじめ、やがて形も丸い鉢型のものや壺型のものなどといったように工夫されていった。資料がないためいつ頃からなのかは明

らかになっていないが、古文書には、安政四年（一八五七）、善右衛門の書き残したロクロびきの寸法の覚書に、「火鉢」として「切立《きったて》」、「棗之形《なつめ》」、「台所」の三種類の口径と高さの寸法が書かれており、その大きさが五寸から七寸の手焙り火鉢であることが分かる。

では、火鉢の祖は誰なのであろうか。後年になってからのことであるが、今井金作（一八六四～一九一二）が最初であろうという説となっている。今井道平（一八一八～一八九四）の次男として生まれ、「二代目道平」を名乗っている。善右衛門の屋敷で話し合っていた「力三郎」というのが、初代道平である。その次男、金作が火鉢の祖となると、紋左衛門の仲間たちよりのちの時代となり、善右衛門のほうがずっと早いということになる。しかし、同じ火鉢でも小さい手焙りであったと思われる。

金作が火鉢の祖と言われているのは、手焙りより大きい、鉢型の火鉢「雪丸《ゆきまる》」と言われる形の大型のものを初めて作っ

高麗筒手焙り（明治時代）

たのが金作だったからである。それは紋左衛門が信楽を出ていってからのことであり、明治初期にそれが評判になって、長野村の窯のあちこちで茶壺に代わる主力商品として、さまざまな釉薬《ゆうやく》を施していろいろな寸法や形状のものが焼かれていったと思われる。

明治二〇年（一八八七）過ぎから三〇年頃にかけて、支那《しな》海鼠釉《なまこゆう》を模して、信楽独特の海鼠釉が各窯で研究を重ねて完成されていった。そして、信楽の標準色となり、火鉢《ひばち》やのちの植木鉢も、この海鼠釉が中心となって全国的に普及していった。戦後の復興期から昭和三〇年（一九五五）頃まで信楽火鉢は多くの窯で大量に焼かれ、全国の火鉢の生産高の九割を占めていたという。

＊

「長野は『壺屋』とか『壺窯』と一般に言われるようになり、神山《こうやま》や勅旨《ちょくし》、そして黄瀬《きのせ》や出村《でむら》などは『瀬戸屋』とか『瀬

海鼠釉が施された台付雪丸火鉢（明治時代）

戸窯』と言われるようになった。大物は長野で、そのほかの郷《ごう》は小物のやきもんという産地の体形が固まってきたなあ」と、伊兵衛が独り言のように話している。

「郷《ごう》の連中は、薄うて軽い、ええ細工しよるわい。水簸《すいひ》した土で細かい。瀬戸もんに対抗していかんとならんので、大変やけど、よう働いて数をこなしよる。反対に、長野は土が安いさけ、重たいもんつくりよると言われてんねや」と言う万五郎に向かって、紋左衛門が手を振りながら、

「いや、郷のやつに大もんつくれ言うたら、ようしよらへん。ようするに、同じこっちゃ」と言っている。

「長野は長野らしゅう。神山は神山らしゅう。勅旨は勅旨らしゅう。特徴を出していったらええねや」と長左衛門が言うと、力三郎が、「みんな自分の持ち味を生かしていったらええちゅこっちゃ」と締めくくった。

善右衛門の屋敷で繰り返されるこのような長野の窯の青壮年の語らいから、それぞれが信楽焼の行方を案じ、思い描いている様子がうかがえる。

緩やかな上り坂を行くと紋左衛門の家がある。その一角に、粗雑な土俵が築かれていた。四本柱で囲まれているが、屋根は低い。形だけの、自分だけの土俵である。柱の一つに「立浪紋左衛門」と墨書してあるのが見えるが、その文字には勢いがある。どうやら、紋左衛門の直筆らしい。

毎日一回は土俵に上り、左足を上げ、下ろし、右足を上げ、下ろし、ぐっと腰を下ろしてという「四股《しこ》」を踏む。そして、柱に向かって、手のひらを交互に出して押すように叩くという「鉄《てっ》砲《ぽう》」をする。これが、一人で稽古をするときの日課である。このときばかりは、やきもの作りのことを忘れて、好きな相撲に没頭できる快い時間となっている。

ロクロをひいているときは浴衣のような薄い着物を着ているが、その姿は腹が露出《まるだ》しで、まるで着物が邪魔であるかのようだ。相撲の稽古をしようと、さらりと着物を脱ぎ捨てる恰好は、いつものこととはいえ様《さま》になっている。

相撲が好きな若者がときたまやって来ては、稽古の相手をしてくれる。しかし、本気ではない。力を抜いて、要領だけを確かめる程度の稽古である。

若者が二人以上来れば彼らを対戦させることもあるが、あまり熱を入れすぎると、肝心の窯の仕事やロクロびきの仕事を忘れてしまうことにもなる。そのせいか、ついつい褌《ふんどし》一つで仕事をするということもたびたびである。

近江の南に位置する信楽の長野村、信楽のなかでも代表的なやきものの里である。そんな長野の在所のなかに、紋左衛門の家と窯があった。代々窯を築くことを生業《なりわい》とし、「窯搗《かまつ》き」を専門職としていた紋左衛門の家では大物の陶器が作られていた。

そこから歩くこと六、七里、近江の南端に位置する信楽の多羅尾村。山また山に囲まれた辺境である。緑一面の山中に、忽然と現れたかのようにある代官所。その敷地には櫓《やぐら》が建てられていた。大勢の村人たちが歓声を上げているところからして、相撲大会が行われている最中のようである。見わたせば役人のための席があり、その中央で、多羅尾の代官がご機嫌よろしく振る舞っている姿がひときわ目立っている。

「西ぃ、高畑山、高畑山ぁ〜」

「東ぃ、立浪、立浪ぃ〜」

呼出しの声が高らかに響く。

「かたや高畑山。高畑山」

「こなた立浪。立浪」

四股《しこ》を踏み、両手で柏手を打ち合う両力士。村人たちの歓声で、「この一番にて、結びの一番にございます」という行司の声も聞こえないほどである。

細身長身の高畑山に対し、丸々と太ったアンコ型の立浪。仕切が続き、行司の「見合って」の声とともに両者が立ち上がってぶち当たった。

立浪の猛烈な寄り。寄って寄って、寄りまくる立浪に、長身の高畑山はこらえるも腰がくだけてついに土俵下に落ちた。寄り倒しで立浪の勝ち。村人たちは拍手と歓声で大賑わいとなっている。「立浪〜、立浪〜」という行司の勝ち名乗りを受けて、立浪は意気揚々と引き揚げていった。

代官直々の祝宴が催されている。そこに、優勝力士である立浪紋左衛門のニコニコ顔があった。汗びっしょりの顔と体。取り巻く役人や村の代表たち、みんな輝いた顔をしている。

「やっぱり立浪は強いのう。おめでとう！　さあ、一杯呑んでくれ」

大盃（酒盃）に代官がなみなみと注いだ酒を、両手で持ってぐいぐいっと一気に呑み干した紋左衛門。

「やっぱり酒はうまいです」

「さすがに、余のお抱え力士にしただけあるわい。多羅尾家の威信にかけてもありがたいこっちゃ。さあ、呑め呑め」

「ごっつあんでござります」

「ところで立浪、お前は何ぼほどいけるのや」

「は、はい。こないだは、朝から酒徳利を九本空けましてござります」

「九升か……はっはっは。お前の太鼓腹は、酒が溜まったるちゅうこっちゃな」

「いやそれで、かかあ（妻）は怒って徳利を割ってしまいました」

「ほどほどにしとけよ」

「徳利みたい、わしは何ぼでもつくるんで困らんですわい」

「あほ。徳利はできても金はつくれんやろうが」

「は、はい」

延々と続く酒宴。多羅尾の夜は暗くて冷たいが、酒と熱気に包まれてこの日の夜は深まっていった。

紋左衛門はのちに全国巡業に加わって各地を転々としたが、年には勝てず、三〇歳をすぎたときに巡業を辞めている。

＊

長野村の小高い丘の斜面、あちらこちらに登り窯が横たわっている。煙を上げている窯がある。どうやら、焼いている最中のようである。「カンカン」という音が耳に響いてきた。窯から壺や鉢を出しているのだろう。陶器の産地、信楽焼の窯元の活気あふれる光景である。

その窯のそばにある小屋。中をのぞくと、今粘土で作ったばかりと思われる大きな壺が二つ、三つ立っている。その窓ぎわに、大きな男がロクロに向かって座り、懸命に粘土を積み上げ、ロクロを回してもらいながら布でなでている姿があった。紋左衛門である。

木の円形のロクロ盤の下に筒があって、それに縄綱《なわづな》を巻きつけ、両手で縄を交互に引っぱるとロクロは回転する。その縄を引くのが妻たよの役目である。俗に言う「ひでし」である。

「ひでし」とは、ロクロ師の助手となって、ロクロひきや「ひで」と呼ばれる粘土の太い紐を何本も手で転がして作る人のことである。

ロクロ師が成形に取りかかるときは、まず底部になる円形のせんべい状の粘土を強く叩いて固め、丸形に切り取る。その底の上に、用意した「ひで」を円形に、一段また一段と積み上げてねりつけてゆく。「輪積み」または「紐土巻上げ」という成形方法で作っていくわけである。二尺ぐらいの高さになれば、それをいったんロクロから下ろし、底が木の板になっているので両手で持ち上げて土間に置く。

たとえば、同じものを一〇個作れば底部が一〇個となり、そのまま陰干《かげ》しにして堅くなるのを待つ。翌日はその底部を再びロクロに乗せ、そこからさらに上部となる部分（壺であれば胴になる部分）をさらに「ひで」を使って輪積みをしていく。二尺積み上げると高さは四尺になる。これを一〇個とも作り、また土間で陰干しにする。そして、最後は口《くち》の部を作り、大壺の成形が完成となる。三日間で一〇

「ひでし」

個の大壺ができあがることになる。

ちなみに、小さい壺の場合は一気に作り上げることもできる。大正時代からは、「ワンはぎ」（一枚の板に上と下を作り、上の板を逆にしてつなぎ合わせる技法）で作っていた。

これだけの大壺を持ち運びするのはいかに大男であっても無理で、二人で板を支えあわなければ転んでしまう。「ひでし」のたよは、紋左衛門に引っぱられるようにして手助けをしている。ほとんどの場合、ロクロ師の助手である「ひでし」は、その妻が担当するというのが通例となっている。なぜならば、ロクロ師の心、意としていることが一番よく分かっているからである。それほど、ロクロ成形は二者が一体とならなければ能率が上がらないのである。

大きな壺、小さな壺、紅鉢、団子鉢、火鉢などが、登り窯の周りや作業場のあちこちに無雑作に置かれている。いったいいくつあるのか、数えようがないくらいである。そして、あちこちで職人がそれぞれに動き回っている。窯場の風景は、見ていて飽きることがない。

＊

「たよ、一服にしようか」

「ああ」と言ってたよは、土瓶に入っている番茶を湯呑みに注いで紋左衛門に手わたした。ごくごくと一気に飲み込むその姿は、酒を呑むときの恰好と同じである。紋左衛門自身も、湯呑みを唇から離すときに、なぜか「フーッ」と溜息をついている。「ああ、あれが切れた」とばかりに「また酒が俺を呼んどるわい」と一言つぶやいてフラフラと歩いていく。

「どうも、しょうがないわ。何を言うても聞かへん。よう、あんだけ呑めるもんや。酒で身上つぶしたちゅう歌にならへんだらええがな。いや、もうなってるわ」

ロクロの周りを掃除しながら、たよがつぶやいた。

紋左衛門が歩いていった先はいつもの酒屋。どっかと腰を下ろして一杯やっている。座っている木の椅子が今にもたおれそうである。酒樽の栓を抜いて、一升枡に酒をなみなみと注ぐ酒屋の主人。

「おっとっと」と零れる酒の一滴を惜しむかのように舌でねぶり回してから、コクッコクッとのどを鳴らしながら冷や酒を呑んでいる紋左衛門の顔は笑っているようだ。そして「ヒエー」と一声、いかにも満足そうである。

「明日は村の相撲大会や。親父、見に来てや」

「神社で相撲があるんかいな。わしも見に行くわ。そやけど、立浪に勝てるやつはいよらんやろ。何ちゅうても、多羅尾さんのお抱え力士なんやからの」

そんな話は上の空。「親父の酒がよう効くわ」と言いながら「もう一杯」と催促をしている紋左衛門の後ろに夕闇が迫っていた。

翌日の新宮神社の境内。中央に四本柱と屋根がある。その周りを取り囲むように出場する力士が三〇人ほどあぐらをかいている。そして、その外を宮座が取り囲んでいる。宮座にはそれぞれの株という仲間が群がっており、歓声を上げながら力士に声援を送っている。

対戦が次から次と続いていく。吊り出しで勝つ者、上手でぶん投げる者、引き落とされてバッタリと腹ばいになる者。勝ち方や負け方が面白くて大笑いの連続である。

「村で一番の楽しみや」と言って、弁当や酒を持参しては隣同士でやり取りをしている連中もあちこちに見られる。その横には、晴れ着姿のきれいな娘さんもたくさんいた。

取り組みがどんどん進んで、勝ち残った力士同士の対戦となった。もちろん、紋左衛門も最後まで残っている。そして大一番、優勝をかけた両力士の対戦となった。

「西ぃ、大戸川、大戸川ぁ〜」

「東ぃ、立浪、立浪ぃ〜」

甲高い呼出しの声とともに両者が登場し、四股《しこ》を踏んで見合った。行司の口上が周囲に響いた。

「大戸川に立浪。本日の結びの一番でござります る」

時間となった。両者とも塩を大きくふり撒いてから、「見合って」の声とともに両者の巨体がガツンとぶち当たり、猛烈な突き合いになった。突かれては下がり、盛り返しては突く。必死の突き合いは一進一退、観客は「やーやー」と騒がしい。どちらも動きを止めない。

やっと、立浪が突き勝って土俵際へ追いつめた。勝ったかなと思った瞬間、捨て身の叩《はた》き込みを食って立浪は腹を打って土俵にばったり倒れた。その瞬間、悲鳴や歓声が巻き起こった。「大戸川あ〜」の勝名乗りをもって相撲大会は終わった。残念そうな立浪の顔、腹にはまだ砂がついている。明らかに、巡業を辞めてからの稽古不足がたたっている。

「わしも初老に近うなり、足腰がもう一つしっかりせん。酒に足を盗《と》られたんかいな。そろそろ引退も考えんとあかんか。笑われるような相撲をとってたら、これまでの過去が許さん」

この頃から、紋左衛門は村で相撲をとらなくなった。しかし、酒はやめられなかった。酒屋の借金が次第に溜まってゆき、支払いに困ると別の酒屋を探しては、その店に通うようになった。その酒屋にも借金をつくり、今度は一里ほども先の酒屋を探し、草鞋《わらじ》履きで地道をテクテクと歩いて酒を呑みに行くようになった。普通の家では貸し徳利で酒を買ってきて、空になったらまた酒を買いに行くのであるが、紋左衛門にはそれが通用しなかった。

この黄瀬《きのせ》の在所にある酒屋でも借金を重ねた紋左衛門に、心優しい主人が「酒代の代わりに置物になる動物を焼いてくれないか」と注文をした。この注文に喜ぶでもなく、フラフラと歩いて帰る紋左衛門に冷たい風があたっている。

「酔さましにはええけど、さめたらまた呑みとうなるさけ、困ったもんや」と独り言を言ったかと思うと、「動物の置物か。わしはロクロびきは得手《えて》てるが、置物は『ひねり』やないとあかん。動物いうてもいろいろいよる。猿は家に飼うたるさけ、よう見て作ったらええな」とつぶやいている。どうやら、陶工としての気質が騒ぎ出したようである。

「ひねり作り」とは、「紐土巻き上げ」と言って、粘土を紐にして輪積みで作ったり、粘土を少しずつくっつけながら手先で作る方法である。力士たる大きな男が、牛や猿、獅子や蛙、狸を手びねりで作るということは、体が大きいだけでなく手先が器用なのであろう。茶壺や鉢などといった大物のロクロびきが専門と思われた紋左衛門が、酒代の返済のために手びねりの動物を作るはめになった。

飼っている猿をモデルにした紋左衛門は、暇があれば猿の相手をしてその動作を充分に観察して、猿の置物を次々と作っていった。牛や蛙も同じようにして、充分に観察をして念入りに作っていった。

一番困ったのは狸であった。見ようと思ってもそこらへんにはいない。尻尾が太いのは見ることができたが、どういう姿をしているのか見当もつかない。「まあ、いい加減に、想像で作ったろ」と言って狸のやきものを作ってしまった。

これら動物の置物五点は、紋左衛門の通った黄瀬《きのせ》の酒屋の近くの家に現在も保存されている。

ちなみに、現在信楽に残っている狸のなかで一番古いものが、このときに作られたものである。しかし、序章でも述べたように、現在の信楽狸とは似ても似つかない形をしている。

紋左衛門は、自分が作ったものには必ずと言ってよいほど陶印を押していた。これは、作者としての責任をもち、後世の人に誰の作品なのかを知ってもらうために必要となるしるしである。今も残っている壺や火鉢、置物や動物、徳利など、数多く作ったやきものの底面に、楕円形の枠の中に「壺信」、丸の中に「信」、壺形の枠の中に「叶」という三種の印を使い分け、三種とも押してあるものや、二種あるいは一種のみ押印して成形を完了させていた。それ以外にも、楕円形の中に「と」と入った陶印も見つかっている。また、印判でなく、「細工人、立浪門左衛門作」などとヘラで直接生素地に彫り込んである作品も残っている。

自分の作であることを作品の生素地《なまきじ》に押したり書いたりするという行為は、江戸時代末期以降の信楽の陶工が行うよう

紋左衛門作の置物（大西啓之氏所蔵）

になったことである。よほど腕に自信のある者でないと陶印を押すことはできない。とくに、明治以降、また昭和四〇年代には陶印に対して大きな関心が高まり、信楽では県指定の無形文化財技術保持者として「楽斎《らくさい》」や「直方《なおかた》」の両作家が有名になり、陶芸作品は多くの人々から脚光を浴びるようになった。

このように、陶印が押してあったからこそ今残っている作品が誰の作であるのかが分かるのだ。また、時代の鑑定も可能となる。陶印以外にも、古代から「窯印《かまじるし》」と呼ばれる刻印がある。とくに、「日本六古窯《ろっこよう》」と言われる瀬戸、常滑、越前、信楽、丹波、備前の古陶のなかに窯印のある品がたくさんある。それらは、共同で窯を焼いた場合、誰のものかを判別するために付けられた印であって、ごく簡単に「一」「二」「三」「×」「○」「十」などとなっている。この窯印が、今の古陶鑑賞のうえで格段の評価をされている。

文中に出てくる紋左衛門の陶印も、窯印として判断する材料になっている。この陶印を押しておいてくれたからこそ、今でも紋左衛門の作であることが明らかになるのである。ただ、紋左衛門がどこで作って焼いたものなのかは判定できない。その理由は、本文を読み進めていただければ分かる。それにしても、紋左衛門はこういう時代が来ることを予感していたのだろうか。あるいは、自らが作った証《あか》しを残し伝えようとしたのだろうか。まさに、紋左衛門は死せども、その作品は今も生きているのである。

紋左衛門は、できあがった置物を並べて一つ一つを見つめ直しながら、まるで我が子や孫であるかのように、目を細めてニコニコ顔で頭をなでて満足し、納得をしている。「立派に焼けて、生まれてこいよ」と、窯での焼成がうまくいくように願うのである。それぞれの置物には、紋左衛門の心や願い、そして夢が塊となって入っている。だから可愛いのである。大きな男が童心にかえって、やきものを作る喜び、楽しさを実感するひとときである。

ロクロで大壺を作っている紋左衛門は、確かに様《さま》になっている。しかし、体を丸めて、小さい動物や置物を太い指先で細工している姿は、なぜか可愛らしく滑稽《こっけい》でもある。それにしても、器用な大男である。

＊

貧乏徳利に縄をかけて、前と後《うしろ》に肩で担いでいる。買ってきたこの二本の酒がいつまでもつのか。大事に呑もうとは思っているのだが、下手をすると一晩で空になってしまう。

うれしいときは話も弾み、呑む勢いも早くなる。心配事や苦しいときは、にが虫をつぶした顔をして、いくら呑んでも呑んだ気がしない。ずるずると呑んでいるうちになくなってしまうという毎日である。「あかん」、そんなに呑んだらあかんと思いつつも、あったらあるだけ片づけてしまわないと気がすまないのである。

子どもが幼かったときはよく酒を買いに行かせたが、成人近くになってきた息子に酒を買いに行かせるのはさすがに気がひけた。だから、紋左衛門は自分で酒を買いに行っている。妻のたよに頼むと、「もうええ加減にせんと体に悪いやないか」とか「借金が増える」と言われるので、黙って自分で買ってくる。

買うと言っても「あるとき払いの催促なし」であるから、酒屋の借金が増えるばかりである。相撲をとっていたときは、ひいき客のもてなしなどでずいぶんとタダ酒をいただいたが、巡業力士を引退してからはそんな機会もほとんどなくなり、自前の酒ばかりとなった。

やっと我が家へ帰り着くと、徳利を下ろして大事そうに戸棚にしまい込んだ。窯のほうを見ると、窯出しの最中である。息子たちや家内、手助けに来てくれている近所の職人たちが窯の中から焼けた品物を出してきて、簡単な取りはずしや、壺などの本体にくっついているツキ物を叩いて落とすという作業をしている。窯の近くにある空地に、それらを運んでいる人も見かけられた。

一登り（全室）の焼成が終わると、膨大な数のやきものができあがる。注文されて焼いたものもあれば、問屋が見に来て必要なものだけを買ってゆくもの、そして売れずに在庫として残るものなどいろいろである。

江戸時代は、焼屋（窯元）が焼成したものを一括して長野村が買い上げ、代金は村の共益金の分を差引いてわたし、販売に関しては、長野村が問屋に売るという仕組みになっていた。したがって、問屋も村が認可した業者しかできなかった。焼屋と問屋を村が管理し、統制していたのである。

そして、明治の末期には、問屋が焼屋と特約店契約を結ぶことによって、その特約店の焼いた品物はすべて一社が買い取るという「取り窯」制度ができた。一方、特約店にならない窯元は、複数の問屋に分けて買い上げてもらうようになった。明治末期頃からはとくに火鉢の需要が増大して焼屋の数も増え、長野村だけで約八〇戸もあったし、信楽全体で一二〇～一三〇戸あった。しかし、江戸末期では火鉢《ひばち》はまだそんなに注目されていなかった。生産の主体は壺であった。

紋左衛門が窯の中に入っていく。

「ああ、これや。うまいこと焼けたーるがな」と言って、眺め回している。大きな丸い筒、直径三尺余の井戸枠である。

最近、在所のあちこちから「井戸枠を作ってくれ」という注文が増えてきた。それまでは、石で囲んだり、板で囲んだりして井戸の穴を囲んでいたが、円形の陶器の枠にすると手軽に囲めるので、信楽でブームになってきたのである。

「この彫り込みの字がええやろ」と、自慢している人の井戸枠を見てみると、「細工人　立浪門左衛門作」という彫り込みが見える。紋左衛門の直彫りである。在所の人たちは、元力士である立浪紋左衛門作の四股名《しこな》を井戸枠に入れてもらうことを喜んだのである。現在で言うところの有名人のサインと同じ意味である。

窯の中から二個、三個と運び出して、空き地に並べた。「これは流行《はや》ると思うで」と言いながら、先ほどと同じくニコニコ顔でなで回している。みんなも、しばらくの間、注目して見入っていた。

次に窯の中から出てきたのは、高さ五尺、胴の直径三尺という大きな茶壺である。これを持ち運ぶのは大変である。口の部分は手で握ることができるが、底の部分は手がすべってしまう。そこで縄を輪にして、その縄に手をかけられるように同じく縄で取手をつけている。二、三か所を二、三人で吊ると、大壺も簡単、安全に持ち運ぶことができる。

紋左衛門作の井戸枠

茶壺といっても、大きいものから小さいものまで何十種類もあり、形もさまざまである。無釉（裸焼）のものから並白釉《なみじろゆう》、萩釉《はぎゆう》、銅青磁釉《どうせいじゆう》を施したもの、真黒釉《まぐろゆう》の黒い壺など、さまざまな装飾が施されている。

紋左衛門の窯では父親が七〇歳をすぎて仕事をしなくなったので、ほとんどの作業が紋左衛門に任せ切りの状態となった。息子の新作、長六が手伝い、源治をはじめとした職人たちもいるし、窯詰めや窯焚きときには臨時の日雇人に応援に来てもらっている。このような仕組みが産地にはできている。

紋左衛門の窯の特徴は、何といっても大物作りである。信楽の土がよいおかげであるが、大物を作りこなすだけの技術が練成されているのである。そこでの窯出し風景、大壺が輝いている。

＊

算盤《そろばん》をはじいて計算をしている紋左衛門。

「おかしいな。何遍やっても、こんだけしかあらへん。儲けがあらへんが」

また一からやり直して、控帳の数と合わせながら足し算をしている。売上額は何回やっても変わらない。つまり、それだけしかないのだ。そこから経費を支払ってゆくのだが、その合計は売上より多くなっている。

「おかしいな。こんなはずやないんやが。なんぜ、こうなるんや」

経費がかかりすぎているのか、売り値が安すぎるのか……思案している。

「あかんな。どうもおかしい。うまくゆかん。どうしてこうなるんや」

またやり直している。首は振り続けたままである。

「あかん。ちょっと一杯やらんと気が収まらん」と言うや否や、戸棚から酒徳利を取り出して湯呑みに荒々しく注いでゴクゴクと呑み干した。

「酒はうまいけど、金儲けには何の足しにもならんわ。これでは借金が増えるばっかりや。せやけど、仕事しようと思うたら、やっぱり呑まんとあかん。その繰り返しばかりや。儲かったら、酒の借金ぐらいポイと返したるわい。そやけど、儲からんようになってきたさかい、うまくいかんのや」と自問自答しながら、また酒を湯呑みに注いでグイッと呑んでいる。帳面の計算をしていたことも忘れてしまい、独酌の独り酒となっている。

妻のたよは、何度も何度も紋左衛門と口論して酒を慎むよう言ってきたが、なかなか聞いてもらえなかった。あまりくどくど言うと紋左衛門のあの力でどんな仕打ちにあうのかが分かっているので、それ以上は言えなかった。

にが虫をつぶしたような顔で、紋左衛門は酒を呑んでいる。うまい酒ではないだろう。気を紛らわす酒となっている。貧乏徳利という名前になったのも、わしみたいな貧乏人が酒を買いに通うためにつけられたものだろう、と紋左衛門は思っていた。

「ああ、おしまい」

その貧乏徳利も空になってしまった。逆さに振っても酒は出てこなかった。ゴロンとうしろへひっくり返って、大の字になった。帳面も、算盤《そろばん》も、徳利も、散らばった状態になっている。

腕のよいロクロ師であり細工人であるが、金儲けや商売にはつながらない。やきものを作るには技術や芸術性が求められるが、それが金儲けや商売とは必ずしも一体化しない。そこが難しいところである。紋左衛門は、いい腕をもちながら生活には困っている。借金に追われるという生活を送っていた。


時が流れて明治になった春、旧知の中川松助から便りが届いた。

松助は信楽の宮町の在所から信州（現・長野県）へ出て、塩尻あたりで窯元を営んでいたが、仲間と三人で赤羽《あかばね》に登り窯を築いて陶器製造業をはじめたと言う。そのために、窯を搗《つ》くための指導をしてくれる人を探していた。また、壺作りなどのロクロ成形や釉薬《ゆうやく》の調合の仕方を教えてくれる人も必要であった。松助は、やきもの本場である信楽から指導に来てもらおうと考え、紋左衛門に依頼したのである。

松助と紋左衛門は酒呑み友達であったし、信楽でやきもの作りにかかわる同業者でもあった。

手紙を読みながら紋左衛門は、なつかしい旧友がどうしているのかと思いを巡らし、信州に行って手助けをしたいし、指導者として迎えられる光栄に熱い気概を感じていた。さらに、借金に追われる苦しさから逃げ出したいという心境も手伝って、信州行きを決断した。

「たよ。信州にいる中川松助から、わしに陶器作りの指導に来てくれと頼まれた。若いときになんやかんやと厄介になった友達やさけ、行ったらんとあかん」

「行くつもりしてんのかいな」

「ほんで、行ったらんとあかんちゅうてるやないか」

「何日いやんなんねん」

「そんなもん、行ってみやんと分からんわい」

つまらぬ顔をして考え込んでしまった妻のたよ。年老いた義父には仕事をさせられない。二四歳になる新作と一七歳の長六という二人の息子がいるとはいうものの、二人で焼屋（窯元）を切り盛りしていくのは難しい。それに、まだ嫁ももらっていない。かと言って、「行かんとかい」と言うても耳を貸さないという性分は分かっている。たよは何も言えず、黙ったままであった。

「何を考えてんね。息子二人で何とかしよるわい。道中《どうちゅう》が分からへんので、佐右衛門にもいっしょに行ってくれるよう頼んで来るわ」

突然のことなので、気持ちの整理ができないままの無言の納得となってしまった。

「新作、長六、お父ちゃんが信州まで窯の手助けに行くんやとさ。何日になるんか分からへんけど、しばらくは信州に行きっきり。あとはお前たちに頼むちゅうことや」

急な話を告げられた二人も「行くな」と言えず、茫然と遠くを見つめている。

二時間ほどして紋左衛門が帰ってきた。ニコニコ顔である。

「佐右衛門がいっしょに行ってやると言うてくれたわ。あさっての朝、六時頃に出発する約束してきた。あとは頼むで。親友への恩返しや」

一言も発しない母と子の三人。紋左衛門は仕事場に行き、書き控えてある覚書きの数々をまとめながら風呂敷に入れている。早速、信州行きの準備である。

そして、陶印に目をやって一瞬手を止めた。自分の作品の証《あか》しである。信楽に置いておくのか……信州で作ったら、それにもこの陶印を押すのか。しばらく考え込んだままだったが、陶印をつかんで風呂敷に入れた。三個ともである（これが理由で、のちの世になって、紋左衛門の作品が信楽で焼いたものなのか、信楽以外の異郷で焼いたものなのかが判明できなくなった）。

旅立ちの朝が来た。まだ信楽の朝は薄暗く、もやっている。葛籠《つづら》と風呂敷の包みを前と後ろに肩にかけ、菅笠を腰に吊り、脚半《きゃはん》で足を巻きつけての草履《ぞうり》履きという姿の紋左衛門が、杖代わりの竹の棒を片手に持って家を出ようとしている。

家の前には二人の息子と妻が立っている。

「おやじ、気をつけてな」と、新作が声をかけた。そのそばには、弟の長六も眠たい目をこすりながら見つめている。たよは、しょうがないわと諦め顔で言葉も出ない。

「ほんじゃ、行ってくるわ」

三人は無言でそのうしろ姿を見送った。家族にとって、これが最後の別れになろうとは知る由もなかった。紋左衛門、四八歳の春のことであった。

第2章

信州へ向かう紋左衛門

明治元年(1868)頃

土山を行く二人

太鼓腹の男が二人、明るくなりはじめた信楽の道を歩いている。同行を引き受けた佐右衛門も相撲が好きだし、酒も大好きである。体格もあり、どう見ても力士が二人という威容である。登り窯の横を通り、無造作に壺が置かれている焼屋の前に続く坂を下っていく。

お互いに大きな声でしゃべりながら歩いていく二人。何度も聞き直しているが、それがまた滑稽《こっけい》でもある。

「松助が来てくれちゅうとる窯は、信州のアカなんとかいうとこ……」

「赤羽《あかばね》や」

「アカバ、アカバネ。ふんふん、アカバネって、どのへんやな」

「信州の真ん中へんで、伊那の向こう。諏訪湖の手前で、辰野のかかり（初め）やということや」

「まあ、信州は高い山ばっかり続いたるさけ、山また山の坂上りばっかりと違うか」

「佐右衛さんにはほんま気の毒やなあ。すまん、すまん」

「いやいや、旅は道連れちゅうて、変わったとこ見物しながらボツボツ行こうに」

「東海道で水口から土山越えて、名古屋あたりから瀬戸を通ったら信濃に入るちゅう道中や。木曽山脈の裏側、右のほうが平地続きやそうで、飯田を越えて伊那へ行けということや。行ってみたら分かるこっちゃ」

「まあ慌てんと、行き当たりばったりでええやないか」

「ほやほや」

大声で話しながら、アンコ姿の二人が並んで三州街道（伊那街道）を歩いていく。まるで、道を塞ぐかのごとくである。出会う旅人はみんな、二人の側まで来ると道脇の土手に逃げるようにしてすり抜けていく。土山を越えて坂の下。岩山の絶景を前に、二人は腰を下ろして一休みをしている。

「坂は照る照る鈴鹿は曇る。間《あい》の土山雨が降る……か」と、馬子唄《まごうた》を大声で紋左衛門が歌っているが、その声が岩の谷間に響いている。

足並みがよかったのか、夕方には鈴鹿峠まで来た。一五里（約六〇キロメートル）ぐらいは歩いた。鉢巻きの手拭いをはずして顔の汗を拭いた二人だが、旅はまだ序の口である。やれやれという顔だ。

佐右衛門が持参した大きなにぎり飯に二人がかぶりついている。

「紋さん。酒なしやけど、腹減ってるからにぎり飯も結構うまいもんやなぁ」

「うん、うまい」と、口を忙しく動かしている。

「熱田《あつた》のほうへ行ったら、酒を呑むとこもあるやろ」

指についた米粒を一つ二つと口に入れている。食べ終わると両手で腹をポンポンと叩き、思い出したように足を上げて四股《しこ》を踏んだ。ぐぐっと腰を割って見合いの恰好をし、両手を前に差し出して前方をにらんだ。相撲の型である。眼の前には松や杉の林。ざわめく木々が、相撲大会のときの観衆のどよめきのように思えた。

*

熱田神宮の森の近くにある料理旅館。二日目、夕闇の町並みのなかで二人は酒にありついた。ご機嫌な様子の二人は、徳利を座卓いっぱいに並べている。

「よう歩いたなぁ。こんなに酒がうまいのはしばらくぶりや」

「ほんまや。よう回ったわぁ」

「今夜はここで泊まりとしようか」

「そんなら、遠慮しやへんで」

「おうおう。しこたま飲んでくれや」

「遠慮のう、しこたまいただくぜ」

うまそうにぐいっと呑み干し、自分で徳利を持って注ぎ続けている。そばの席にいる客たちは、二人の呑みっぷりに呆れ顔となっている。その体は、どう見ても相撲取りである。そんな客たちが、囁き合いながら二人をチラッと見流している。

酔いの回った佐右衛門がふらつきながら立ち上がり、「お前さんら、この方をどなたと心得る。先の巡業力士、立浪関におわしますぞ。頭《ず》が高い……とは言わへんが、どうかお見知りおきのほど、お願い申し上げまする」と言うや倒れてしまった。

客たちはあっ気に取られ、ぴくっと頭で会釈するや、倒れた佐右衛門を介抱するために走り寄った。体の大きい佐右衛門を前にして、二人の客はもて余している。

「大、大丈夫。江州は信楽から歩いてきたんやが、明日は信州のほうへ行かんならんので、くたばっていられるかいな」

「ほう信州でっか。ご苦労さんでんなあ。これからが大変や。坂ばっかりやで」

紋左衛門は盃を口先でくるりと舐め回してから卓に置き、「ほんじゃ休むことにするかな」と言って立ち上がり、佐右衛門を抱えるようにして旅館のほうに歩いていった。座卓に置かれたままの徳利の数は、数えるのが面倒になるほどである。

翌日の瀬戸の景色。歩く二人の右左のあちらこちらに、登り窯らしき風景がちらりちらりと見え隠れする。このあたりは、やきものの産地として有名な所である。品野であろうか。

「何やら煙の匂いがするわ。やきものを焼いてる者の臭感や」

「習慣？　習慣て、どんな習慣やね」

「その習慣やないわ、臭《にお》いの臭感や」

「ああ、その臭いかいな。わしには分からんけど、紋さんはやきもんの先生やさけによう分かるんやろな」

「おお、ここに落ちたる茶碗は織部ちゅうもんや。ここらはこの織部や黄瀬戸《きせど》、瀬戸黒《せとぐろ》、ほんでに志野ちゅうやきもんで有名や」

「わしは素人でよう分からんけど、壺みたいなごっつい作りやのうて、ええ細工をしたるのは分かるわ。色もええわ」

二人の頭から、やきものの存在が離れない。やはり、やきものの里で生まれ育った習性なのであろう。故郷に戻ったような心境になって、やきものに対する愛着心や執着心でいっぱいになる。

とある窯の近くに差しかかったとき、二人は腰を下ろしてひと休みすることにした。目の前では陶工たちが忙しそうに働いている。盗み見をしているようで、気兼ねをして近寄らない。長い板に茶碗を十数個乗せて、片手と肩を使って器用に運んでいる。その動きは早い。

作りも精巧で、芸術的な感覚が生きている。紋左衛門の細工とは大きな差である。それを実感する紋左衛門は感心するばかりである。無言の二人の休憩が延々と続いている。見飽きないのである。

一時間ほど経って、二人は立ち上がった。

「わしにはあんな細かい作りはできひんわ。わしはわしのやり方を貫くだけや。ほんでええと思うてる。ひねりにはひねりのやり方があんねん」

「紋さんは大もんのロクロ師や。その真似をせい言うても、あいつらにはできひんわ。あのどいらい茶壺を見せちゃったら、あいつらもびっくりしよるがな」

二人は納得顔で満心している。向こうを見わたせば、中央アルプスと言われる高い山々がずっと連なっている。すごい山脈《やまなみ》が続いている。山に圧倒されながらも、その山に向かって行かねば赤羽《あかばね》には辿り着かない。

だんだんと足腰が重くなってくる。一歩また一歩と、踏みしめるようにして歩いていく。草鞋《ぞうり》は宿で履き替えたが、坂道続きで鼻緒が伸びてしまい、歩きにくい状態となっている。その歩く姿勢も、だんだんと蟹股《がにまた》になっていた。坂を上っては下っていくが、標高は次第に上がっていく。ゆっくりと、先へ先へと歩いてゆく二人の姿。雄大な山脈から見下ろせば、

山脈が続く

大きな二人の姿は小さく見えることだろう。

宿で作ってもらったにぎり飯にパクついている。「こいつは酒やないで」と言いながら、竹筒に入っている水を飲んでいる。

「あっ、あっ！」と、佐右衛門が叫んだ。何事が起こったのかと思いきや、にぎり飯を落としてしまったのだ。転がってゆくにぎり飯を追いかけてもどうにもならないのに、惜しむ心が佐右衛門の足を止めることはできなかった。すってんころりと、まるでおむすびを追いかけるように転がってゆく。

「あっはっは、佐衛はん、確かに転がっていったほうが早いで」

小高い丘から見下ろせば下り坂だが、先へ先へ、まだまだ行く手には上りが待っている。道のりは、まだ半分ぐらいである。

穂高の山は飛騨山脈、その東側に木曽山脈が連なっている。中山道を行くと木曽のほうへ行ってしまうので、信濃平谷からは三州街道のほうへ行かないといけないと、土地の人に教えてもらった。俗に言う伊那谷を、辰野という所をめざして歩くのである。

＊

信濃の平谷の村近くになって夕闇が迫ってきた。道筋に古い家並みがあり、そのなかに「旅宿」という手書きの看板があった。宿に入ってくつろぐ二人。

「ああ、よう歩いたなぁ。きんの（昨日）は二〇里（約八〇キロメートル）ぐらい、今日は一五里やな。だんだん、足腰にこたえてきたわ」

「伊那谷は雨がよう降りよる。簑笠を調達しように」

「信濃は道中がえろうて長いけど、周りの山々の緑に助けられるわ」

宿のおかみさんが、「お風呂をどうぞ」と案内に来た。浴衣に着替えている二人の姿をチラリと見たおかみさんが、「まあ、立派な体。お相撲さんですか？」と聞く。

「そのとおり。いや、もう引退したけどな」

「ま、二人揃うて、どこへ行きなさんねな」

「赤羽《あかばね》や。ここからどのくらいのとこや」

「飯田、松川、飯島、駒ヶ根、伊那、箕輪の次が辰野で、そのへんやので、まあ三〇里ぐらいかねえ。もうちょっとあるかねえ」

「三州街道ちゅうねんな」

「私らは伊那街道とゆうてます。ご苦労さまですね」

風呂に行った二人は、ザブンと湯に飛び込んだ。

「ああ、ええ湯や」

「ほんま、ええ湯やなあ」

「ああ極楽、極楽。ふーっ」

巨体の二人が入ると、お湯が一気に溢れだした。

「明後日の晩には、松助に会えるわ」

「松助さんは信楽の宮町でやきもんを焼いてやったが、幕末のころにバンザイして信州へ行ってやったんやな」

「ほんで、仲間と三人で窯を築いて、やきもん焼いてるゆうこっちゃ」

「来てくれ言われたさけここまで来たけど、まぁまぁ道中はえらかったなあ。よう揉んでおかんとあかんで」

二人は湯につかりながら、あちこち体を揉んでいる。信濃の夜、一帯の山の樹々は黒い森となって連なっている。

江戸時代、信楽の宮町でも登り窯で陶器を焼いていた。明治一七年（一八八四）には、三基あったという記録が残っている。ここに出てくる松助は、宮町での陶器作りをやめて信州に行ったのである。いつ頃のことかは不明であるが、信州の洗馬《せば》へ行って登り窯を築き、中川窯を開いている。「洗馬焼」と呼ばれたのは、この中川窯と上条窯、そして山崎窯などであった。紋左衛門ものちに、この地に窯を開くことになる。

洗馬の青松山長興寺に所蔵されている牛のやきものに「安政六年瀬戸屋松助」の墨書銘が残されている。洗馬焼の古陶のなかでも、一番古い年代のものとされている。つまり、中川松助の作であり、現在、塩尻市の文化財となっている。

長興寺の古文書に「瀬戸窯場借地証文之事、天保十四年」とあり、窯場を借りていることが分かる。ひょっとしたら、この頃に信州に行ったのかもしれない。

青松山長興寺

＊

翌朝、心配していたとおり雨となった。簑笠姿の二人が雨のなかを歩いてゆく。歩くほどに雨がひどくなっていく。

「こりゃ、どっかで雨宿りをせんとあかんな」

「あこに大きな小屋があるわ。あの中へ入ろうか」

笠と蓑を脱いで材木の上に置き、二人は大きな小屋へ入っていった。見渡すと棚や籠でいっぱいである。その籠の中は葉っぱでいっぱいである。

「こりゃ何や。茶やないで」

その様子を見ていた農家の主らしき男が、不審な顔をして近づいてきた。

「でかい人二人、まァよう濡れてるに。どっから来たに」

「江州は信楽からや」

「それは遠い所から。一服してくんな」

「これは何してるんかいな」

雨のなか信州へ向かう二人

「蚕《かいこ》飼ってるんだに。これ育てて生糸を取るだに」

「ああ、蚕なんや。ようけいよるなあ」

「ここらへんは繭《まゆ》の糸を取る製糸業者が多いんだ。わしらは蚕を飼う養蚕業なんだに」

「桑の葉っぱが蚕のエサというわけや」

二人は緑の葉に食いついている白い蚕の多いことにびっくりし、我を忘れて見入っていた。そして、奥まで歩いていくと、そこには休憩室のような感じの板で囲った部屋があった。

「らんごてな（きたない）所だに悪いな。入って入って」と促され、二人は濡れた体を気にしながらも中に入った。主人が入れてくれたお茶の横には、野沢菜の漬物が小皿に乗せてあった。信州では、野沢菜をお茶のあてにしているのだ。

「あ、温うてうまいわ。漬物でさっぱりするわ」と言って、喜んで頂戴する二人。

「まあ、よう降ったるな。こりゃ佐右衛さん。もう歩くの無理やで」

「ほんまにな」

雨の降りしきる外の景色は薄暗くなっている。部屋を見回して、二人が気づいた。

「ご主人。勝手で無理をお頼みをしたいんやが、わしら、ここで休ませてもらえんかいな」

「こんなとこで？　別に構いはせんに、よかったら休んでおくれや」

主人のご好意で、小屋の片隅で布団《ふとん》をかぶって、雑魚寝で一夜を明かすことになった。

信州の人はみんな親切だ。旅人には心からのもてなしをする。東海道などの各地からしてみれば高地であり、旅人も通行に苦労をしてやって来る。遠来のお客様を大切に、温かくお迎えしようという気心が信州人に共通する思いなのであろう。見ず知らずの旅人に気易く宿を提供し、夕食の御馳走を大皿に盛りつけて歓迎してくれたのである。

二人はお風呂にも入らせてもらった。雨に濡れて寒気がしていただけに、熱いお湯につかって生き返ったようである。

「着替え、ここに用意しましたが、お宅《たく》みたいな大きな人に合う着物がありませんで、小さいでしょうが辛抱してください」

手を合わせて感謝をする二人が湯衣《ゆかた》を着た。半袖よりは長いが、どう見ても短い。それに、腹が見えているのでその姿は誠に滑稽《こっけい》である。並んで床の間に座っている二人は、お客様として迎えられている。

「あっはっは」、みんなが二人の着物姿を見て大笑いをしている。二人も、同じように笑うしかない。

「すんません。これしかないんで、悪いな」と、主人が謝っている。

「いやいや、これで十分です」と、恐縮する二人は礼を述べている。それよりも、皿に盛られたたくさんの手料理がうれしかった。思わぬ歓待を受け、盃を交わし合いながらの二人は、雨を忘れての夕食にめぐりあったのだ。

「お客さん。あんたいい体してるが、相撲でもやってんのかえ」

「そのとおり。今は現役を引退したが、元力士で、四股名《しこな》は立浪紋左衛門と申しまする」

「そうだに。いい体してる思うたわ」

「こちらは佐右衛門さんや。この人は力士やないが、相撲をとってた仲間や」

みんなが拍手で改めて歓迎の意を示した。

「さあさあ、もっともっと空《あ》けてや」

「ああ、ごっつあんです」

盃が交わされ、みんなが打ち解けてゆく。

「わしらはこれから赤羽《あかばね》へ行くんや。そこで信楽での友人が窯を開いて、やきものを焼いているんや。そこに応援に行くんや」

「そうかえ、そうかえ。ご苦労さまなこってす。やきものの先生でもあるんだに」

「まぁ、仲間や。やきものの世界は誰かに教えてもらわんことにゃ伝わっていかんし、習得もできん。お互いに教えてもらい、教えてあげて、それで技《わざ》が伝わっていくんや」

「そうでしょうな。教え、教えられ、お互いに支えあって、また代々継承していって続いてゆくもんでしょうな」

「いつかはまた、何かのご縁があるかもしれん」と、語らいが延々と続く一夜であった。

「盃を交わすのも不思議なご縁。ご縁は大切にしときましょ」

「そう、そう」

第3章

赤羽《あかばね》の紋左衛門

明治元年(1868)〜明治3年(1870)頃

大茶壺を作る

翌日、幸いにも雨は上がっていた。二人は夕べの御馳走やもてなしに大きく頭を下げてお礼を言って、赤羽《あかばね》への道を歩き出した。二人をずっと見送る家の人たちが手を振っている。見知らぬ土地で温かいもてなしを受け、心は感謝でいっぱいである。

「信州は生糸の産地やな。蚕ようけおったな。蚕は桑しか食いよらへんて」と言いながら歩いてゆく。

見わたしながら歩いている二人。

「気がつかなんだけど、右も左も桑の木だらけやな」

「紋さん、あの高い山が駒ヶ岳か。駒ヶ根やな」

「ここを越えたら伊那や。ほんで、その向こうが辰野や」

「辰野ちゅう所か」

「辰野から右のほう、岡谷に向かっていくと赤羽の在所になるらしい」

「ほうか」

「まあ、今日の夕方までには赤羽に着くやろ。えらかったなあ」

「ほんま。よう歩いたなあ」

先が見えてきた感動で、二人の動きもよくなってきた。次第に盆地が開けてきたような、明るさが眼前に広がってゆく。

しばらくして、辰野の村落に到着した。あとは諏訪湖のある岡谷へ通ずる道を土地の人に尋ね、赤羽の在所に向かって歩いていくだけである。

「佐右衛さん、あこ見てみ。あれ窯と違うか。登りになったるようやで」

「どこ？　あれかいな。そう言いや山麓《すそ》にのったる感じや。あこかも分からん」

ますます早足になって、そこをめざして歩いていった。どうやら、まちがいではなかった。向こうほうの窯らしき所に、数人の姿が見えた。

「でかい男の人が二人来たに」

「来た。紋左衛門さんや」

「よう来たな」と言いながら、松助は駆け下りて二人を出迎えた。

「よう来てくれた。悪いな。かんな（かんにんな）。しんどかったやろ。ほんまに悪いな」と、紋左衛門の手を握り占めながら感謝の言葉を連発して松助は出迎えた。松助の早口の言葉がすむなり、二人は抱きあった。

「死なんでおれば会えるのう」

「紋さんも達者でよかった。うれしいな。佐右衛さんもよういっしょに来てくれて、悪いなあ。ほんまにかんにかんや」

「こんなとこに窯搗《かまつ》いて、松助さんも大したもんや」

「いやいや、この窯、三年前に搗いただに。三人でやってるんや。そやそや、紹介しとくわ。こっちが小河盛右衛門さん。そっちが小松五右衛門さんや」

「よろしく」と、二人が言う。

「わしは江州の信楽から来た紋左衛門で、相撲をとってたんで、四股名《しこな》は立浪紋左衛門と申す」

「わしは、その友達の小川佐右衛門と申します」

それぞれ自己紹介が終わると、松助は窯の隣にある家へと案内した。

「ここが、三人が食うたり寝たりするねぐらや。本宅は塩尻にあるねん。紋さんと佐右衛さんは、ここで寝泊まりしてくれや」と、松助が案内するあとに続いて盛右衛門と五右衛門が部屋に入っていった。

奥の間では、女性が数人、歓迎の宴の準備に取りかかっていた。五人は床の間に輪になって座った。女性がお茶と漬物の小皿を忙しく配って回る。お茶を口にしながら、「くたびれたろ。道中はいっぱい（何日）かかったに」と松助が聞いてくる。

「ああ、丸一〇日や。無理せんと、どうにか歩いてきたわい。遠かったなあ」

「そりゃくたびれたに。まァゆっくりしてや」

二人はフーッと溜息をつきながら長旅を思い起こし、足を伸ばして大の字になった。その腹は、二人とも見事に盛り上がっている。

「二人ともええ体してるに。なんぼあるの？」

「わしは二五貫（約九四キロ）ぐらいや。相撲をやってた頃は二七、八貫あったで。佐右衛さんは二〇貫くらいかな」

「そんなもんや」

「わしは紋左衛門と言うやけど、四股名の立浪のほうが知られてんねや」


紋左衛門と佐右衛門の歓迎の宴がはじまった。松助も結構飲むが、紋左衛門にはかなわない。特大の湯呑みが紋左衛門には用意されているが、その盃のやり取りが忙しい。大釜の湯に、燗徳利が何本も浸されている。

「酒は何ぼでもあるさけ、たんと飲んでや。遠慮しなんで、どんどんいきましょ」

「うめぇなあ。松助さんと呑むのは二〇年ぶりやが」

「ほうやなあ」

紋左衛門が腹を出して、狸の腹鼓の恰好で裸踊りをはじめた。みんながそれに合わせるように立ち上がって、何とも言えない手足の動きで裸踊りの輪ができた。女性たちは手拍子をして男たちの踊りにあわし、夜更けまで宴が続いた。

一夜明けた赤羽《あかばね》の窯。登り窯とそれに連なるように釉《くすり》掛《が》け小屋、素地《きじ》置場、成形小屋などが寄り添うように建てられている。成形小屋には、今作りかけている壺や甕《かめ》が並んでいる。紅鉢や団子鉢もある。信楽によく似たものが作られている。二人がそれらを興味深く見わたしているところに、松助がやって来た。

「おはよう。よう寝られたかいな」

「ああ、ぐっすり寝やしてもろたわ。まだ酒がグルグル回っとるわ。ようよばれた（いただいた）なあ。今日は歩かんでええさけ、ゆっくりさしてもらうわいな」と、紋左衛門はニコニコ顔で松助を見つめている。

「何やかや焼いてんねんなあ」

「そうや。売れるもん焼いてんねや」

「わしに手伝うてくれちゅうのは何やな」

「ああ、それや。職人は瀬戸のほうからも来てもうてんねけど、紋さんの、信楽の大もの作りの見事な技を教えたってほしいのと、実は今、繰糸鍋《くりいとなべ》の注文がどんどん来るねん。そやさけ、繰糸鍋や煮繭鍋《にまゆなべ》をこれからどんどん焼こうと思てるんや。その作り方を教えてほしいねや。頼むわ」

と、松助は紋左衛門を信楽から呼んだ理由《わけ》を話した。

「繰糸鍋てどんなもんやな」

松助は塩尻のほうで焼かれている見本を持ってきて、煮繭鍋と二つ並べて紋左衛門に見せた。

「来る途中に蚕を飼うてる農家で聞いたが、蚕の繭から糸を取るための鍋やな。こっちは繭を煮る鍋やな」

「そうや、そうや」

「こっちは丸いさけ、ロクロでいける。繰糸鍋は型押しやなあ」と言いながら、クルクル回してその構造を慎重な目で見つめて「分かった」と一声発した。

「今日は一日、佐右衛さんと骨休みさしてもらうわ。仕事は明日からにしてや」

「あ、そんな急がへん。楽にしてや」

松助は、紋左衛門の「分かった」の一言に安心とともに頼もしさを感じて喜びの笑顔である。二人は、成形場でロクロをひいている職人の様子をしげしげと見つめている。うまいもんやと、ただ見入るだけである。ロクロの上の粘土は、見る見るうちに形を変え、それが壺の形になってゆく。一尺五寸ぐらいの高さであった。

繰糸鍋と煮繭鍋

周りを見わたしても、それより大きなものはない。窯のほうへ行くと、一人また一人と窯を出入りしている。どうやら、作ったものを窯に詰めているらしい。やり方は信楽と変わらない。窯は小型で、釉薬《ゆうやく》はあまり種類がなさそうである。おそらく、美濃の製陶技術に習ったものであろう。

こんな様子を見ている紋左衛門は、次第に製陶業者としての世界に戻っていくことになった。やはり、自分の仕事や生き甲斐はやきもの作りなのだということを、この異郷の地に来て改めて教えられたのだ。

翌日、紋左衛門が真剣なまなざしで繰糸鍋《くりいとなべ》を見ている。その横には松助もいる。

「木型をこの鍋の外側に合わせて、前と後と二つ合わせるように別々に作るんや。内側は、外側の木型を外してから溝や穴を細工したらええ。寸法は焼いた鍋の寸法より一割二、三分大きくしとかんといかん。土は乾燥と焼成で小さなるさけ。それで、一ぺん作って焼いてから収縮の状況を見て、また寸法を加減したらええわ」

「この土は塩尻かい。どんだけ縮むや分からんけど。鍋の厚みも考えんといかん。瀬戸のほうでは石膏の型も使うてるらしいさけ、石膏のほうが脱型しやすいので、石膏型の業者をあたってみたらええが」

「鍋の内側の細工は難しいだに」

「型で板をつくって貼りあわせることも考えよう。まず、外型を頼んでからや」

紋左衛門と松助のやり取りを、職人たちが聞いていた。繰糸鍋の型の話が一段落すると、今度はロクロ台のほうへみんなが移動していった。紋左衛門は煮繭鍋《にまゆなべ》を置いて、寸法を竹差しで計っている。外径、内径、高さ、胴の上、胴の底の径と計り、図面に寸法を書き入れていった。

「それの収縮率、一割二分で計算しようか」と言いながら、ロクロびきの寸法（水びき寸法）を書き込んでからロクロに向かった。ためしに、一つ作ってみようということである。

丸板の上に土の塊を載せ、パンパンと叩いて丸い板にした。寸法に合わせて、ロクロを回転させながら円形に切り取った。その上に土の紐《ひで》をねりつけ、円形にして残りをちぎった。ロクロを回して両手で鋏むようにして紐を引き上げ、口作りをすると早々と煮繭鍋の形になった。底の溝も木ゴテで掘っていた。少し堅くなってから、中の注水管をくっつけるために筒状の細いもの（パイプ）を寸法どおり作り、別の板に載せた。これは、あとから細工することになる（一〇一ページを参照）。

紋左衛門の初仕事は、職人や三人の親方たちへのお披露目となった。そして、このときから、紋左衛門は土地の人々から「紋左衛門先生」と呼ばれるようになった。

*

「紋さん、わしボツボツ帰らんといかんわ。帰る前に一つ、信楽の大壺、紋さんにしかできんような大きなやつを、ここで作ってみせてくれんか」

佐右衛門からの注文である。

「分かった。一つどえらい壺、作る。そやけど、知っとるとおり一ぺんに全部はでけへんで。一尺ぐらいの高さまで底と腰を作り、乾いて堅くなってからその上へ土を乗せてくつたて（紐土巻げ作り）でやらんならんので、一日ではできひんで」

「そらそや。じゃあ、できるまでいるわ。やってくらい」

「よっしゃ、分かった。佐右衛門さんにはこんな遠いとこまで付き添うてもろて感謝しとる。佐右衛さんの言うことはきかんとあかん」と言うなり、早速大壺作りの段取りをはじめた。

土の質や堅さが分からないので、少し不安ではあった。底を打って、乾かしながら堅くなるのを待っている。

「底は充分叩き込まんと締まらんし、乾くときにキレるんや」

紋左衛門と佐右衛門が一服をしている。土を触った感じでは、粘りがなく、荒粒の土で信楽の土と比べるとずいぶん作りにくい感じがする。鉄分も含まれていて、信楽のような、白くて赤い火色は出ないかもしれない。とはいえ、やきものにできる土である。二人は土を手に取って丸め、つぶしては土の質を確かめるように話し合っている。

「さーてと、じゃ腰の部分のくつたてをするわ。壺の下段、一段目や」と言いながら紋左衛門は土を手に取り、それを両手の掌で交互に前後に動かした。見る見るうちに土は棒のように長くなり、二尺ぐらいの長さになると、ぶら下げている土のひでを先ほどの円形の底板の端に巻きつけるように、両手を器用につまみながら板に円形にくっつけた。また同じようにひでをつくり、今度は今くっつけた輪の上へ、同じように両手でつまむようにくっつけてゆく。この作業を、二段、三段、四段と重ねてゆく。

今度はロクロを回転させるのだが、その際に、布キレ（サイレン）や鹿皮の布状のものを使うこともある。サイレンで土の上段から下段までをつまむようになでながら、水を濡らして滑りをよくし、同じ厚みに整えながら上へ上へと伸ばしてゆく。高さが尺ぐらいの円筒形の壺の腰部を、今度は木のへらをあてがいながら回転させる。

壺の腰は、底から少しずつ広がった筒になってゆく。表面も平らになった。切り糸を使って上面を切り取った。水平な上の面ができ、最後にサイレンに水を含ませて、回転しながら上面を軽くなでた。これで一段目ができあがりというわけである。紋左衛門はロクロに乗っている板を両手でぐいと上げ、ロクロから土間に下ろして下に置いた。

「これが壺の底になんねや。これが少し固くなるまで一晩置いておく。二段目（壺の胴の部分）は明日や」と言いながら手を洗っているが、「作りにくい土や……」とつぶやいている。

「何でもないように見えるが、やっぱりうまいもんやなあ。さすが、年期が入ってるわ。ご苦労さん、ありがと」

「小さいもんは一ぺんで作れるが、大きいもんになると、この要領で二段、三段のくつたてで作らんと壺の腰がもたず、つぶれてしまんや」

「大物は大変やなあ」と、佐右衛門は感心し切っている。

「普段は、これを一〇や一五個同じように作っておき、翌日に二段目を継ぐ仕事なんやけど、今日は佐衛さんの特注品ちゅうこって一つで終わりや」

そう言って、二人は家に入っていった。


翌々日、壺の胴が固まり、いよいよ口作りの工程に入った。高さ三尺（約一メートル）余り、口を仕上げれば完成である。紋左衛門は立ったままである。見事な大壺はクルクル回って、最後の口作りにかかっている。水に濡らしたサイレンで、口の部分をなで回している。

「よっしゃ、できた」

「おー。紋さんの大壺が赤羽《あかばね》にお披露目や。見事、見事」と言うや、手を叩きながら佐右衛門はうれしそうに笑っている。

近くにいた職人たちが近寄ってきて、大壺に見入っている。

「こんなでかい壺、赤羽では初めてだに。やっぱり信楽やのう。紋左衛門先生の初作品や」、「すげえなあ」と、みんなニコニコ顔である。

「紋さん。ええの見せてもろうて、これでわしも満足や。喜んで帰らしてもらうわ」

「あー、すまなんだのう。ほんま、気いつけて帰ってや」

そこへ、松助が早足で寄ってきた。

「帰り道も大変やに。たまたまうちにいる瀬戸の茂吉が実家へ帰る用があるんで、そこまでいっしょに行ってもらうで。ちょうどいいわ、二人で行っててんか」

小柄な茂吉がぴょこんと頭を下げた。松助は佐右衛門の手を取って、「このたびは本当にお世話になりましたに。これほんまにちょこっとやけど、お礼のしるしやに、宿代にでも使ってくんさい」と言って、佐右衛門の懐に差し入れた。佐右衛門は懐に手をやって取り出そうとしたが、松助が手を払って、それを収めるよう促した。

「何もできんかったに、悪いな。ありがとう。ありがとう」

「じゃ、親方、行ってくるに」と、茂吉が言った。

「おう、頼むだに。にぎり飯持ったか」

二人は手を上げて、さよならの仕草をしながら歩きだした。何日も行動をともにした佐右衛門が信楽へ帰っていく姿を眺めながら、紋左衛門は別れの切なさや寂しさを感じ、いつのまにか目に涙をにじませていた。

「佐右衛門さん。長野のみんなによろしゅう伝えといてや」

「ああ、分かった。元気に働いとったと言うとくわ」

大きな男と小さな男の姿が次第に遠くなってゆく。その姿が森に隠れる直前、二人は並んで振り返り、手を上げて大きく振った。

*

赤羽《あかばね》に来た紋左衛門は、これからはじまる仕事のことで胸がいっぱいであった。つまり、信楽に帰ることなどはまったく考えていなかった。妻や息子たち、自らが搗《つ》いた窯のことなどを忘れてしまっていたのだ。信楽を忘れ、赤羽の仕事に打ち込もうという強い意欲が、これまでのことをすべて消し去ってしまったのである。

ひょとしたら、紋左衛門は赤羽へ来た時点で、信楽とは一切縁を切る覚悟だったのかもしれない。家を出るときは、「二度と帰ってこない」とは言っていない。妻や子どもたちに、「親子の縁を切る」とも言っていない。しかし、ここに来て、松助たちの仕事ぶりを見て、我身勝手なことかもしれないが、一人の職人になりたかったのだろう。
好きな酒が理由であるが、金に追われる貧乏焼屋に戻りたくなかった。信楽を忘れたい。自分の人生はこれからはじまる。紋左衛門はそう心に決めて、佐右衛門が帰ったときから第二の人生をスタートさせたのである。

住居としてあてがわれた一室。佐右衛門がいなくなった部屋に戻ってくると、孤独感が一段と胸を締めつけた。だが、もって生まれた気ままな性分、すべてから解放された自由感に浸っていたのかもしれない。

「さあ、頑張るぜ」、自分に言い聞かせるように叫んでから成形小屋に戻った。先ほど仕上げたばかりの大壺が輝き、雄々しく立っていた。

成形場内には、陶土で成形された繰糸鍋《くりいとなべ》がずらりと並んでいる。繰糸鍋の作り方も、三人の親方の熱心な研究心と工夫によって編み出され、数多い職工を雇うところまで成長することができた。職工は型を相手に、土の板をあてがって懸命に成形している。

繰糸鍋と煮繭鍋の大量生産

木型は吸水性に乏しく、型をはずす（脱型）までに時間がかかる。そのために、普及してきたのが石膏《せっこう》型である。石膏は吸水性に富み、脱型までの時間がかなり短縮される。また、一つの型を一日に二、三回使えるために成形数も多くなる。一〇人以上の成形工がどんどん作業を進めている。見る見るうちに繰糸鍋《くりいとなべ》の素地ができあがっていく。

ここで、タタラによる押し型成形の説明をしておこう。陶土をぶっつけ、長方形の箱状に叩きつけて積み上げる。その両側へ木の細長い（タタラ定規）を十数段に積み重ね、一番上の定規の両側に当てがうように針金を引っ張ると、土は水平な面になる。両側の定規を一つ取って、同じように針金で切る。これを上段から下段まで繰り返してゆくと、同じ肉厚の土の板ができる。それを上から一枚、また一枚と取って、成形しようとする型に入れて押しつけ、叩きつけて形を作ってゆくわけである。

のちの時代、石膏型を使う円形のものについては、機械ロクロを用いての成形が可能になった。陶器作りも、生産技術や機械の近代化が進んでいき、機械ロクロは量産化を可能にした。また、ロクロも手回しから電動ロクロへと進歩していった。明治末期から大正時代にかけての、近代化による進展である。紋左衛門がやっていた頃は、言うまでもなく電動ロクロがなかったので手びねり、手ロクロの時代であった。

次に、成形したものを一日陰干しし、次の工程で内面にパイプ状の管を貼り付けてゆくという細工をする。これは湯水を通す管になる。また、鍋の上部からも湯水を通すための穴を空けていく。このような一次、二次の作業工程が、多勢の職工によってなされてゆくわけである。

土間から棚にかけて、膨大な繰糸鍋がぎっしり並べられている。陰干しされているもの、それがすぎて天日干しをするもの、それらを運び出す人、みんなが忙しく働いている。

紋左衛門の仕事は煮繭鍋《にまゆなべ》の成形である。ロクロの前で両足を開いて座り（「いたぶら」と言う）、ねりつけの技法で鍋を作っている。木の敷板に、寸法どおりの円形の土の板をたくさん作っておき、適当な硬さになったものから順番にロクロの上に乗せ、中心を取ってからねりつけをする。一つできれば、助手役の女性が陰干しの棚へ運んでゆき、代わりの板をロクロまで運んでくる。紋左衛門は座ったまま、次から次と煮繭鍋の胴体を作っていた。

煮繭鍋の仕上げ

赤羽《あかばね》の窯には、粘土を練る者、運ぶ者、成形する者、仕上げする者と、ものすごい数の職工が働いている。しかし、紋左衛門のようにロクロびきをするロクロ師は見習いの若者だけであった。そのため、紋左衛門は彼らから「先生」と呼ばれている。

同じものを一日中、いや毎日作っているので次第に手が決まってきて、物差しで測らなくても勘でそれなりの形ができるようになる。最後の仕上げのときに初めて物差しをあて、「よし、ぴったりだ」と言わんばかりに「ホイ」と一声かけると、女性がすぐに駆け寄ってきた。

「一服にして……」と、番茶を入れた大きな土瓶と湯呑みを盆に乗せて女性が持ってきた。

「ほんじゃ、一服としようか」

紋左衛門は台から降り、窯詰め道具の匣鉢《サヤ》を椅子代わりにして尻を乗せ、湯呑みを持ってぐいっと飲んだ。

「これが酒やったらもっといいんやが……」

「先生の体だったら相当いけるんに」

「おう、わしゃ一日朝から晩まで呑み続けて、なんと九升を空《あ》けたことがあったわい」

「へえー、九升！」

「いや、相撲をとってた頃のこっちゃ」

「お相撲さんがロクロをひいてるに。大男は不器用だとか言うに、先生はそうじゃないに。立派なお人や」

褒められてご満悦の紋左衛門、「もう一杯」とお茶のお代わりをした。

相撲の話が出て紋左衛門は、寝た子を起こされたのかように相撲をとってみたくなった。成形場を見わたして、相手になるような男はいないかと探したが、あいにくとそれらしき男はいなかった。

＊

一本の松の下に「丸」が書かれている。そこに、子どもたちがたくさん群がっている。どうやら、相撲をとっているようだ。そこに太鼓腹を出した男がいた。紋左衛門である。相撲をしたくても相手がいない。ならばということで、子どもたちを集めて相撲をとらせて、見て楽しむことにした。

四股《しこ》の踏み方を自ら示して、子どもたちにそれをやらせている。続いて、仕切りのやり方も手本を示した。力士立浪の頃を思い出させるような真剣なまなざし、ぐっと睨んで前へ出た。立ち合いの恰好である。子どもたちが順番に、一人ずつその仕草を真似ている。

「もっと、もっと腰を低うせい」

子どもたちは紋左衛門の指導を受けて、次第にその型を覚えていく。そこへ、松助がやって来た。その顔はうれしそうである。

「お前たち、この人は立浪紋左衛門という巡業力士だった人だに。相撲を辞めて、今はやきもんのロクロ師の先生だに。相撲をたんと教えてもらってくんな」

松助が、子どもたちに紋左衛門を紹介した。子どもたちは目を丸くして、紋左衛門の指導に「ハイ、ハイ」とかしこまって返事をするようになった。

しばらくして、紋左衛門は子どもたちを東方と西方に分けて、順番に対戦させることにした。賑やかな声に大人たちも集まってきて、面白そうに観戦しはじめた。「一平!」、「三吉!」、「五郎助!」と、声援する声も飛び出すようになった。

寄り切りで勝つ者、突き出しで勝つ者、見事な上手投げで勝つという一番もある。子どもたちは、何回も相手も変えて相撲をとった。そして最後に紋左衛門は、自ら胸を貸し、五、六人を相手にして瞬時に全員をぶっ飛ばしてしまった。今度は、そこにいる全員が一度に紋左衛門に飛びかかり、足をつかんだり、尻を押したりして攻撃したが、紋左衛門は蠅を追い払うかのごとく全員を倒してしまった。

みんなが笑っている。こんなに楽しいことはこれまであまりなかった。大人たちも満足そうである。こうして、赤羽《あかばね》の窯場で紋左衛門の相撲教室がはじまり、紋左衛門が顔を出さなくても、毎日、子どもたちの遊びとなった。紋左衛門が赤羽に、相撲の種を蒔いたのである。

＊

登り窯の側にある釉《くすり》小屋。大きな桶や甕《かめ》が並んでいる。中には水が入っている。種類別に、釉薬《ゆうやく》が桶の中に貯えられているのである。桶の中では沈殿するので、上面は水になっている。この釉桶《くすりおけ》をかき混ぜて適度な濃度にして泥状にし、そこにやきものの素地を浸すという釉《くすり》掛《が》けをしたり、杓《しゃく》ですくい取って手桶などに移してから素地に竹筒などで流し掛けを行うことになる。

必要な色の釉薬は、前もって調合しておく必要がある。その原料は、木や炭の灰（「木灰」、「渥《あく》」という）、長石《ちょうせき》、籾殻《もみがら》の灰、ワラの灰などが基礎になっている。長石と木灰を混合して焼くと並白釉の発色があり、黄色っぽい白になる。それに籾殻とワラの灰を混合するとより白い発色が得られる。その混合の割合をどのようにするのかが技術である。

焼成温度にあわせて、また窯の仕組みによって釉薬の強弱を加減するのである。同じ釉でも、何種類かを用意しておく。当時の色釉で多

釉薬桶

く用いられた緑色の釉薬《ゆうやく》(銅青磁釉、銅釉、緑釉ともいう)は、基礎釉に顔料として酸化銅の粉末を混合していた。それ以外にも、酸化鉄、酸化マンガン、酸化コバルトなどの粉末を混合して、赤、茶、青色を発色していた。

これらの原料は、瀬戸の専門業者から仕入れていた。それを調合するのは、窯元の親方の腕にかかっている。つまり、調合の上手下手が、その窯の製品の良し悪しにかかわってくるのだ。焼き方ももちろん重要であるが、釉薬の施し方もそれ以上に重要となる。現在においても「釉合わせは親方の秘伝」と言われており、いかに親方が研究や工夫、そして経験を重ねてきたかが問われることになる。赤羽《あかばね》では、この釉《くすり》合わせを松助が経験を生かして担当し、その原料の調達は小松五右衛門が行い、小河盛右衛門は成形の段取りや職人たちの管理を担当していた。

ここ赤羽の窯は三人の共同窯である。松助が開窯資金の大半を出し、資金が必要になると、小河盛右衛門や小松五右衛門も借金をして出し合って造ったものである。『塩尻市誌』によると、「『(明治二年)巳二月十四日改メ』として、〆金五四両壱分一朱と、銀三匁弐分、五厘銭九貫三六文」(四九九ページ)が総普請費額となっており、松助は五四両を用意したと言われている。

先に述べたように、中川松助は信楽の宮町で窯を焼いていたが、競争も激しく、儲けるどころか大きな借金を背負ってバンザイし、夜逃げのようにして信州の洗馬《せば》へ向かったのかもしれない。それは幕末の天保一四年(一八四三)頃のことであったが、ここでやきもの作りをはじめ、「珍しい！」ということで人気の波に乗り、たちまち大儲けをしたのである。そのときに得たお金で赤羽にも窯を開いた。

＊

三人の親方が釉小屋に集まって雑談している。紋左衛門も、ノコノコと歩いていって話に加わった。

「鍋の注文が多うて追われっぱなしさ。今は、各地で製糸業が増えてきてるわけや。国が奨励しているせいもあり、繰糸鍋《くりいとなべ》が不足してるようやな。外国製も入ってきとるが高いに。どんどん売れてうれしいじゃねえかい」

「塩尻の洗馬《せば》でも中川窯や入道窯、山崎窯もやってるに。松助さんのはじめた洗馬焼が初めてだったに」

「ああ、番頭らに一切任したんだに」

「紋さん、信楽はどんなもんだね」

「わしが出てくるときにゃ、繰糸鍋みたい見たこともなかったわ。ひょっとしたら、今は鍋の注文も入っているかもしれん」

信州のやきものは、早くに日用品から繰糸鍋に転換したことにより急成長したのである。一方、信楽では、紋左衛門が出てからのちに蚕鍋の需要拡大の国内状勢を一早くつかみ、その製造を計画している男がいた。それが奥田要助である。

要助は外国製の鍋や信州の鍋を手に入れ、それを作る方法、成形に必要な型、その工程など、本格的に生産をするための計画や準備を進めていた。試作をいろいろやってみて、明治五、六年の頃から繰糸鍋専門の体制を整えていた。群馬県の富岡製糸場が官営の模範工場として明治五年（一八七二）に建設され、国の殖産興業の政策が進められるとともに各地で製糸工場が造られていくという時代であった。

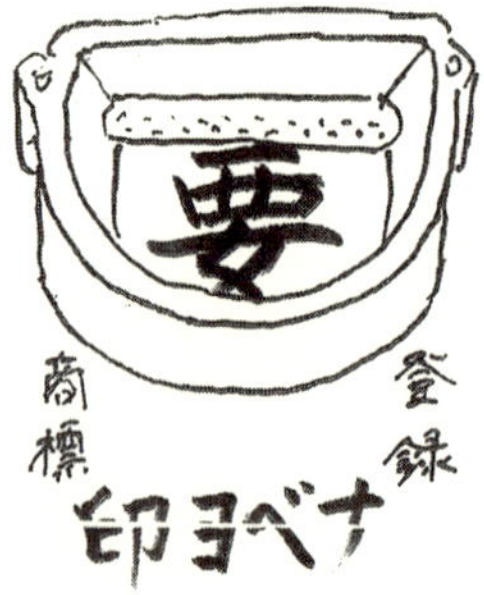

明治７年頃の信楽糸取鍋合名会社の商標

要助は、越前で陶器製の繰糸鍋《くりいとなべ》を焼いているという情報を得て視察にも行っている。その製造状況を把握して、金属製の外国製のものに比べて陶器製のほうが錆びないと自信をもった。そして、明治七年（一八七四）、本格的に糸取鍋を製造することになった。信楽では最初の法人会社となる「信楽糸取鍋合名会社」（ナベヨ印）を明治二七年（一八九四）に設立し、滋賀県より「信楽陶器を以て製糸用鍋に適する」という証明を得ている。これ以後、信楽でも糸取鍋が大量に生産されるようになった。

ちなみに、この信楽糸取鍋合名会社は、紋左衛門の家からはすぐ向かいに見える丘の上にあった。要助と紋左衛門と松助、信楽に生まれた三人が交流していたのかもしれない。

＊

「金儲けをするには繰糸鍋さまさまじゃけんど、わしはやっぱり、壺や鉢を作ってるほうが楽しいわ」

「紋さんは、やっぱりロクロ師やな」

「そりゃ金も欲しいけど、毎日毎日鍋、鍋じゃおもろないわ」

「ここはこれとして、紋さん、また別の窯を搗《つ》いて焼いてみるちゅうこともできるで」と、松助が言い出した。この言葉が切っ掛けとなって、紋左衛門は自分の窯をもちたいと思うようになっていった。もちろん、自分が持っているお金ではとても無理である。何とかしてくれないかと、秘かに期待するようになった。

松助のほうも、赤羽の窯が繁盛したことでお金にも余裕ができ、手助けに来てくれた紋左衛門に恩返しをするために資金を提供しようと考えるようになった。紋左衛門が赤羽《あかばね》に来て三年ばかりが経った頃のことである。もともと松助には洗馬《せば》に窯があり、そちらのほうで窯を搗くのがいいのではないかと、その場所も検討していた。

後日、松助の世話で、洗馬《せば》の原八百渡氏が所有する土地が借りられることになった。紋左衛門は窯用地の造成から工事を松助に頼み、土木作業の職人たちに計画に則って工事を進めてもらうことになった。

とはいえ、紋左衛門も松助も、赤羽《あかばね》と洗馬の間を行ったり来たりという生活になってしまった。八里も離れている両地の往来は大変である。当時、村で馬を飼い、乗馬をしている人の格好よさを見て、紋左衛門は自分も馬に乗れれば往来がずいぶん楽になると思うようになった。

馬の持ち主を探すと、村で陶器などの運送業をしている運び屋の馬であることが分かった。松助の世話で馬の持ち主にお願いし、乗馬の練習をはじめるようになった。馬への乗り方を、何度も何度も繰り返し練習した。馬のほうも、紋左衛門の巨体が乗るたびにヨタヨタとし、目をむいているようだ。

やっと鞍《くら》にまたがれるようになると、次は馬への合図の送り方である。進め、止まれ、左へ、右へ、走れと、それぞれ足や手綱《たづな》の操作を何度も教えてもらい、やっとそれができるようになった。徐行で慣らし、慣れてくると早足、駆足、そして疾走へと、毎日、何度も何度も紋左衛門の巨体が馬とともに走っているという光景が赤羽の村に見られるようになった。

とうとう紋左衛門は、洗馬から赤羽までの往来に馬を貸してもらえることになった。馬主は、紋左衛門が乗馬している格好が威風堂々としているのを見て、金覆輪《きんぷくりん》の鞍を置いた。ふち飾りの素晴らしい馬の姿にして、紋左衛門に貸し与えたのだ。

赤羽の窯場に紋左衛門が馬に乗ってやって来ると、村の人たちはその蹄《ひづめ》の音の快い響きと馬の美しい飾り、そして紋左衛門の男らしさや、その美男子ぶりに惚れ込んでしまった。そして、子どもたちは、紋左衛門の馬が来るとどこからか集まってきて、「わーい、先生。格好いい！」と叫びながらついて走り回った。

金覆輪の鞍、紐縄にも赤白の付け布を下げている。本当に格好がよい。素晴らしい晴れ姿。かつて、将軍や藩主が金覆輪の鞍の馬に乗って祭事を行ったことを思い出すと、なぜか紋左衛門も立派な人に見えてくる。村人たちは、紋左衛門の乗馬姿に憧れ、見るのが楽しみになっていった。

窯に着くと、紋左衛門はひらりと馬から降り、網木や柱にくくりつけて仕事場に向かった。子どもたちが馬の近くに集まって、馬のしぐさに見入っている。

「お早いござんす」、「おはよう」と挨拶が交わされる。

ロクロの前まで来ると、すぐ横では見習い中の若者が準備をしている。紋左衛門の指導を受けて日々上達して、頼もしい後継者になりつつある。

「頑張ってくれや」

若者はぴょこんと頭を下げて、「はい、頑張ります」と答えた。

赤羽《あかばね》の窯は、主力となった繰糸鍋《くりいとなべ》や煮繭鍋《にまゆなべ》と、茶壺や鉢類などの手作りのやきものが順調に生産され続け、三人の共同窯は成功を遂げていた。これで、紋左衛門も安心して自分の窯が搗《つ》ける。信州の洗馬《せば》に紋左衛門の窯が造れる。うれしくて、待ち遠しい日々であった。

いつの日か、金覆輪《きんぷくりん》の鞍《くら》の馬にまたがる紋左衛門の姿が見かけられなくなった。

第4章

洗馬《せば》の信斎窯

明治３年(1870)～明治18年(1885)頃

登り窯

ふるさとを捨てたということでは同じ身。異郷で、やきもの作りで生計を立てようと努力してきた中川松助は財を成すことができた。信楽では失敗したが、信州で成功したのである。同じ信楽から来た紋左衛門にも、成功して男を上げたい、そんな夢があった。

松助は、いろいろと資本入れ《もと》を紋左衛門にしてやった。紋左衛門には何の財力もない。ただ、松助に頼るばかりであった。一方、松助も、同郷の仲間にもこの地で成功してもらいたいという思いがあって、喜んで支援し、協力をしている。

「紋さん。わしも信州へ来て窯をやり直したが、これまで無茶苦茶きばったで。やきもの商売で空《あ》いてた所やったんで、ずいぶん助けられたけど取引もたくさんできた。耳やなあ」

「ああ、まったく窯がないここで窯を開いた松助さんの先見の明やで」

「まあ、あたってよかったわ。紋さんも頑張って儲けやい」

「そうなりたいわ」

洗馬に造られることになった紋左衛門の登り窯、いよいよ窯搗《かまつ》きに取りかかることになった。

そして、三か月ほど経ってできあがった窯を、紋左衛門は「信斎窯」と呼ぶことにした。本名の「奥田信斎」からとったものである。明治三年（一八七〇）頃のことであった。

こうして紋左衛門は、宮町から出てきてこの地に洗場焼の中川窯を開いた松助と同じ道を歩むことになった。もちろん、その松助の援助を受けてのことであった。

「序章」でも述べたように、紋左衛門の家系は代々窯搗き業者をしていた。窯をもち、焼屋（窯元）をしながら、誰かが窯を搗くときにはその指導をしていたと思われる。だから、当然の如く紋左衛門も窯を搗くことができた。また松助も、同じくその要領を知っていたと考えられる。

信斎窯のすぐそばに、「仏法山東漸寺《とうぜんじ》」というお寺があった。宗派は浄土宗で、紋左衛門の実家の菩提寺といっしょであった。そのためか、気やすく出入りするようになった。

お寺に行くと、必ず仏前に手を合わせて「南無阿弥陀仏」と唱えた。唱えながら、先祖にお参りをしたのである。かすかに信楽に残した妻子のことも気になっていたが、今自分はここにいる、現実が過去を打ち消そうとする思いのほうが強かった。とはいえ、先祖には申し訳のないことをしたという

仏法山東漸寺

気持ちがあり、謝罪をしていたのである。お参りをすることで、唯一、先祖とつながっていられると受け止め、自分の生き様を見守っていただける、やっていることを理解してもらえる場である、と思うようになった。

寺に行くたびに、やきもののことや相撲のことなどを和尚に話し、尽きることがなかったが、身の上話を聞いてもらえるよい相手となった。酒をいただくようになると、その饒舌《じょうぜつ》は止まるところを知らず、和尚が途中で寝入ってしまうということがたびたびであった。それだけ、胸の内を吐き出す相手がいなかったのである。寺から帰っていく紋左衛門はさばさばとした表情となり、放浪の人生を象徴するかのように、左へ右へとふらつきながら窯まで帰っていった。

洗馬《せば》にある信斎窯。成形場と粗野な住居が一囲みになって、窯場ができあがっている。紋左衛門は近くの山々を歩き回り、よい土がないものかと掘って試していた。手で握りしめ、また指でつまんで粘り具合を確かめたあと、色具合を見て鉄分やその白さを確かめた。

野村土、宮村土、赤羽土、小市《こいも》土、薬師山赤土など、産地別に粘土を分けて確保したが、どこの土も信楽の土に勝るものはなかった。

「信楽の土は、ほんまにええ土やった。あんな大きい壺でも楽々と作れたのに。信州の土は、粘りもコシもそれに劣る。焼いた土味も、信楽のように美しい火色が出ん」とつぶやいている。

粗悪な土であるが、この地でやきものを焼く以上、ここの土で作るしかない。土の悪さは腕で補う。そして、よい品物を作ること、それが紋左衛門の選んだ道である。

洗馬で焼かれているものは、生活用品や実用品がほとんどである。陶器製造業を営む以上、売れるものを数多く焼くしかない。しかし、紋左衛門の信斎窯では、信楽出身という誇りもあって、製品というよりは作品としてのやきもの作りをめざすことにした。

それが理由でこの物語も、ここからは「紋左衛門」でなく本名である「信斎」で話を続けていくことにする。のちに「信斎焼」と命名し、奥田信斎と名乗ることになった。

＊

「松助さんは偉いもんや。これで四つの窯の資本《もと》入れをしやった。それに、わしを呼んでくれたことに感謝しとる。信楽で貧乏してんね。こっちへ来い。ここで儲けて、信楽の恥を返したれちゅうことで、わしを呼んでくださったんやと思うてるんやが」

「まあまあ、たしかにわしらは信楽で失敗して、逃げてきたようなもんや。信さんが言うとおり、この地で汚名返上をしようやないか」と言い、松助は信斎の肩を叩いて抱きあった。

「ああ、もう信楽に戻ることもないやろ。その気がますます強うなった。わしもこれからは信州の信斎や。窯印のハンコは信楽で使うてたもんを持ってきたるんや。これを押しといたら、いつかは信斎が作ったもんやと信楽のもんにも知ってもらえるやろ」

「頑張ろうな」、「頑張ろう」と言う二人の誓い。このときの会話が、二度と信楽に帰ることのなかった理由の一つと思われる。

信斎は、信楽を出て以来、言うまでもなく独り暮らしである。赤羽の窯場のなかにある住居に泊まり、食事は炊事係の女性のお世話になってきた。そして、洗馬《せば》に信斎窯を開く前後は、松助の家族が炊事をしてくれていた。独り者で気楽ではあるが、毎日毎日、三度の食事は周りの人たちにお世話にならなければならなかった。「すんません」ばかりを言う毎日であった。

窯をもった以上、一人で仕事も炊事も商取引もしなければならない。てんてこ舞いの毎日である。そのような状況のある日、信斎はもくもくとロクロをひいていた。それを窓越しにのぞき見をしている若い女性がいた。

やがて、一つの形ができあがった。その過程をずっと見ていた女性が、その見事な技に感心して思わず手を叩いてしまった。その音のほうに、信斎は顔を向けた。

「よかったら、中に入っておくれや」と言うと、恐る恐る女性が中に入ってきた。

「悪いね。あまり上手に作られるもんで、見とれてたに」

「ああ、何ぼでも見ておくれや」

これが、この女性との最初の出会いであった。彼女は、近くで百姓をやっている塩原九平の娘で、「ちよ」と言った。信楽に残した妻は「たよ」である。よく似た名前に縁を感じたのか、その後、温かみのある表情でちよを見守るようになった。

やきもの作りに興味があるちよは、たびたび信斎が行うロクロびきを見に行くようになった。

「焼きイモを焼いてきたに、食べて」

「それは好物や、いただくわ」と言って、熱々のサツマイモをパクパクと食べる信斎。年の差は一回りほど違っていたが、ちよは信斎のロクロの腕にひかれるようになった。また、相撲をとっていた話やその体にひかれるようになり、逞しさのなかに潜む優しさまでを身近に感じるようになっていった。

一方、信斎も、何年ぶりかに女性が身近にいることで、次第に愛を感じるようになっていった。回っているロクロ、土の形を伸ばそうと手で挟むと回転が止まってゆく。信楽の大物作りではい、ひでしが網を引っぱって回転させるので続けて土を伸ばしてゆくことができるが、ここでは、ロクロの円盤の上面である鏡の周囲に四か所穴を掘り込み、そこに回し棒を差し込んで力強く回転させておき、土を伸ばしていくことになる。回転が鈍くなってくると、また力強く回転させて土を伸ばす。だから、大物は作りにくいし、時間もかかってしまう。

いつの間にか、ちよは手でロクロの回転を助けるようになった。信斎は、信楽で行っていた妻たよのひでし役を思い出していた。

「助かるなぁー」

「うち、先生が作ってるの、そばで見られるからうれしいに」

次第に二人の心が一つになってゆく。作品作りは一心同体である。信斎の作るやきものが、なぜか丸みをもつようになってきた。一人でもくもくと作るより、こうして温かい愛に包まれたなかで作られるもののほうが、より美しく温かみをもった作品になる。

ロクロをひき終わった信斎が「今日は終わり」と言うやいなや、ちよに近付いて両腕でヒョイと抱き上げた。「キャー!」と奇声を出したちよが脚をばたつかせた。かまわず信斎はちよの首すじに顔をこすりつけ、ぐっと抱きしめた。ちよも、信斎の体に必死に抱きついていた。

ちよが手助け

＊

蚊帳《かや》が吊ってある薄暗がりのなか、裸になって太鼓腹をさらけ出している信斎。そのそばに、浴衣の襟が開《はだ》け、乳房があらわになっているちよの姿がある。布団からは、隠されるようにして白い脚が出ている。情事のあとである。

信斎の巨体から汗がふき出ている。ちよも充分に満たされたのか、ぐったりとしているようだ。そんな二人の目があって、また抱きあった。ちよは信斎の重みに圧倒され、接吻を交わしながらまたかすかに痙攣《けいれん》を起こした。


こうして、二人は夫婦の契りを結んだ。事実、明治五年（一八七二）の洗馬《せば》村の戸籍には、「当村、原八百渡所有地、近江国甲賀郡長野村、陶器職、奥田信斎、年五一。妻、ちよ、年三八」と書かれている。現在で言えば重婚となるわけだが、この当時、それを咎めるだけの術《すべ》がなかった。

それからというもの、二人でやきもの作りを続けたわけだが、子宝には恵まれなかったようで、明治九年（一八七六）には、養子として五歳九か月の「八十平」を迎えている。八十平は、ちよの兄である七平の次男で、父九平からすると孫ということになる。

信斎は、我が子となった八十平を溺愛した。信楽に残してきた息子たちが嫁をもらって、今頃は八十平ぐらいの孫ができているのではないかと想像してのことだった。いい年をして、まだ子どもをもつ親になったことに異様さを感じながらも、幸せな日々を送ることになった。

そして、いつしか、洗馬《せば》の信斎窯のそばの空地に土俵が造られ、子どもたちが相撲をとりあうという光景が見られるようになった。もちろん、信斎の裸姿と、指導をする姿がそこにあった。歓声を上げる子どもらとともに、信斎も本当にうれしそうに笑いながら相手をしていた。いくつになっても相撲は楽しい。信斎の、安らぎのひと時であった。

窯出し

信斎窯の窯出しの日。戸マクラ（登り窯の入り口の面は、窯を焚くときにマクラを積み上げてフタをするもの）を崩してやきものを取り出すと、キラキラと光って目に飛び込んでくる。やきものを焼く者にとって、一番見たくて、また心配でもある興味深い一瞬である。

戸マクラを一つ一つ取り崩してゆく。まだ窯の中は熱い。軍手をはめ、鎌で壁土を叩き落とすという、一の間《ま》（部屋）の窯出しがはじまった。

信斎は、一つずつ、順番に中のやきものを外へ出してきては窯の坂に置いてゆく。それを、ちよも手伝っている。

「うわー、こいつはええわ」と、眺め見入っている。ちよも近寄ってのぞく。見事に焼かれた茶壺である。白萩釉の上から銅青磁釉を流し掛けした美しい壺である。信州の土で、素晴らしいやきものが立派に焼けた。その喜びをちよも共有してくれる。うれしいことではないかと、信斎は満足感にひたった。しかし、何かつながらないものがあった。

「そうだ、ご先祖さまにも見てもらわなくては……」

一の間《ま》に続き、二の間、三の間と順に窯出しを続けていった。最後の五の間の窯出しを終えると、快心の作と思える壺を手に下げて東漸寺《とうぜんじ》に向かった。仏前に供えに行ったのだ。

本堂の阿弥陀さまの前に壺を供えると、線香を立て、磬子《きんす》を鳴らして「南無阿弥陀仏」を唱えて深く頭を下げた。

「信楽を捨て、ここ信州洗馬の地でやきものを焼いております。みなさまのお支えをちょうだいして、立派に窯元を継いでおります。今日、このような壺が焼き上がりました。ご覧下さりたく、お供えさせていただきました」

信斎は心のなかでそうつぶやいて、先祖に思いが届くようにお祈りをした。

和尚がやって来て、「やぁ、立派な壺が焼けたんだね。ほうー」と言いながら眺めている。「こんな立派なものを供えてくれんだね。大事に預からせていただくに」と、うれしそうである。

これ以後、信斎は窯を焼くたびに、必ず快心の作を一個この寺に供えることにした。それらの品が今も東漸寺《とうぜんじ》の収蔵品として残されており、永久保存されている。まさに、信斎死しても作品は生き続ける、である。そして、壺に押された陶印が、のちの世に信斎の作であることを証明することになった。それらの壺の一つが、今、骨董商の手を通じて信楽に帰ってきている。二度と信楽に帰ることのなかった信斎だが、信斎が作った壺は故郷に帰ってきたのである。

信斎が信楽で焼いた大壺

やきものを作ることに関しては天才的な信斎であるが、それを売ってお金にすることに関してはあまり上手ではない。いくらよいものを作っても、かかった費用以上に儲けなくては生活ができない。次第に、生活費に困るようになっていった。

立派な作品を作ることに専念すると言ったものの、それが金にならないという現実を前にして、一般に売れるものを作ることが生活をしてゆくためには必要であると信斎は思い直すことにした。当時は茶壺や徳利が主な需要品であったが、信斎はそれらのほかに、いろいろと工夫して茶器、火鉢、水鉢、手洗鉢、風呂桶、庭灯籠、床置の牛や蛙、茶器に至るまで、あらゆるやきものを作った。もちろん、繰糸鍋《くりいとなべ》や煮繭鍋《にまゆなべ》も作ってみたが、職工が少ないために軌道に乗らず、もっぱら日用雑器の範囲でのやきもの作りとなった。

この当時、信斎窯と並んで山崎窯も築かれ、洗馬《せば》はやきもの産地として五つの窯が競うようになっていた。問屋が仕入れに来たり、輸送を行う牛車業者も増え、活況を呈していた。焼かれた品物は、信州はもちろんのこと甲斐、伊豆、駿河、遠江、三河、関東は上野、下野、武蔵、また越後、越中、飛騨まで運ばれていた。

もともと商売人ではない信斎、相変わらず酒も無茶苦茶に呑んでいる。浪費ぐせが治らないうえに、迷入るほどに酒量が増えていた。いつしか信斎は、また酒に溺れる日々となり、仕事も手につかず、窯へ行っても思案するばかりの毎日となった。そうなると、酒を呑んでは寝るという時間が多くなる。図体が大きいので、寝転がっている姿がやけに目ざわりなものになってきた。当然、生活も苦しくなった。

義父の九平が、「酒はいい加減にして、仕事をせんとあかんで」と何回も注意したが、聞き入れることがなかった。この日も、同じことを言われた。

「信さん、また飲んでるんかいな。いい加減にせんと、体に悪りいじゃねえかい」

追いつめられていた信斎には、この一言が堪えられなかった。自分の歯がゆなさは分かっている。しかし、自分でどうすることもできなかったのである。

明治一八年（一八八五）六月のある日、信斎は何も告げず、妻や子に隠れるようにして家を出ていった。そして、夜になっても、翌日になっても帰ってこなかった。

「父ちゃん、どこ行ったの」

八十平がちよに尋ねている。一四歳になって、窯での仕事の手助けもできるまでに成長していた。信斎はすでに還暦を過ぎた六四歳である。そのうち帰って来るものと、誰も捜すことはしなかった。次から次へと「信斎先生はどうしているのか?」と尋ねられたが、そのたびにちよは、「うちの主人はあちこち旅をしおるに。そのうちに帰ってくるだに」と言い逃れをしていた。

後日、ちよと八十平、塩原九平や松助一家といった多くの親族や友人知人、さらには東漸寺《とうぜんじ》の和尚までが、黙って家を出ていった信斎のことを知って驚いた。そして、一年半もすぎた明治一九年(一八八六)一一月一九日にちよと八十平の名で失踪届が出されたが、その行方を知ることはできなかった。

＊

ちよには、もう用がなかったのか。信楽を出てきたときと同じ流れが繰り返されているのではないかと思う信斎であるが、この地で十数年間にわたって必死に頑張ってきた。しかし、松助のようには財を築くことができなかった。

十数年前、信楽を捨てた者同士がこの信州の地で成功して、財を貯えて信楽のみんなを見返してやろうという、信斎窯を開いたときに松助と交わした約束が実現できず、こうして家を出て、行く先のあてもない旅に出てしまった。自分の力のなさを痛感する信斎であった。

「あかん人間や」と自分自身が腹立たしいのだが、どうすることもできない。家を出て行くとき、もう洗馬《せば》に戻ることはないと信斎は心に決めていた。信楽を出たときと同じような心境となったのが不思議なところである。周りから責められれば、どうすることもできない。歯がゆく、我が儘な人間だと思ってみても、それを修正することができないのだ。だから、ただあてもなく逃げていく。

しかし、信斎がもっているものは、やきもの作りの技術や経験、知識でしかない。歩けるかぎり歩いて、あちこちの窯を訪ねては見せてもらったり、窯を搗《つ》いたりして、教えられることがあったら教えて喜んでもらえれば……というのが信斎の生き甲斐だったのかもしれない。

家を出た信斎の足は、なぜか北に向かっていた。南に位置する信楽への拒否反応が、北に向かわせたのかもしれない。

足は松本を越え、善光寺のある長野の町を越え、上州街道、大笹街道、谷街道を通って越後の国に入った。途中にも窯場はあったが、今はただ海が見える所、日本海が見たい、その海の近くに窯があったらという一念で、ひたすら歩いてきた。

野尻湖あたり、北国街道を歩いている。黒姫山（二〇五三メートル）も高いが、その向こうの左手には妙高山（二四五四メートル）がそびえている。その麓に赤倉の湯があった。白い湯けむりが上がっている。今日は熱い湯に浸かって、ゆっくりと休もうと決めた。洗馬《せば》を出て二泊目である。

金があまりないので、酒は一杯でやめておこうと決める。湯に入って、くたびれた体を休めることにした。往事から比べると太鼓腹も大部張りがなくなってきたが、ほかの人と比べればやはり大きい。ジャブンと飛び込むと、湯が溢れ出た。

頭に手拭いを乗せて、しばらく目を閉じて無言のまま何かを考えている。家族に黙って飛び出してきた自分のことを、妻や子はどう思っているのだろう。少し、かわいそうなことをしてしまった。心のなかで「許してくれよ」と詫びていた。

越後を望む

白い肌が少し赤くなって、湯気が上がっている。

「ええ湯や。やっぱり温泉はええわ。そう言えば、八十平といっしょにこんな大きい風呂に入ることがなかったな。こんな湯に入れてやったら、喜びよるやろうな」

家族を思い出している。ちよにも、あまり喜ばせてやることをしなかった。自分のことばかり、自分のためにさせることしか考えていなかった。ずいぶん気を遣わせてきた、情けない我が身を恥じている。

「申し訳ない。悪いことをしてしもうた。堪忍してくれよ」

今になって、残してきた妻子を思い出して泣いている。信斎の目から、涙があふれ出してきた。しかし、信楽の妻子のことは思い返すだけの余裕がなく、洗馬に残してきた妻子にだけ強く詫びた。

湯をかぶって、信斎は涙を流した。

第5章

越後の能生谷《のうだに》焼と信斎

明治18年(1885)～明治23年(1890)頃

越後に向かう

洗馬《せば》を出てから四日がすぎた。ずいぶん歩いたものである。どこへ行くあてもない、放浪の旅である。やがて視界が開け、広大な日本海を望む能生《のう》の町に到達した。信斎にとって海を見るのは、信楽から赤羽に向かったとき、四日市や桑名あたりで見た明治元年以来のことである。白波が打ち寄せる海岸の砂浜に座ると、潮のにおいが鼻をついた。

「海は広いなあ〜」とつぶやくと、大の字になった。心地よい潮風が吹きつけてきた。見上げると、空がどこまでも続いている。

「人間の悩みなど、ほんまに小さなことや。もっともっと強くならんといかんな。あんなこと、みんな忘れてしまおう。また、一から出発や。だが、生きてゆくためにはやっぱり金がいるわい。持ってきた金も乏しくなってきた。どこかで仕事せんといかんの。と言っても、わしにはやきもの作りしかあらへん。そうだ、この海の見える所でやきものを焼こう。そうしたら、気も晴れるわい」

海を目がけて、何日もかかってやっと辿り着いた信斎、どうやら海を見て波に心を洗われたようである。人生は失敗、失敗の連続。「情けない人間や」と言って、嘆いても何もはじまらない。

「やっぱり、わしはロクロ師や。やきものを作ることしか能があらへん。やきものを作ろう」

信斎は、そう腹を決めたのである。しかし、窯を搗《つ》くだけの金はない。それよりも、この地に果たしてやきものが作れる土があるのだろうか。山に行って、信斎は土を探してみることにした。

能生の海から近い山に向かって歩きだした信斎、山肌が露出している所をあちこち探しては土を手に取って調べた。ゴソゴソと山麓を歩き回っている姿を、不思議そうに見ている一人の男がいた。湯尾吉左衛門という名の男は大百姓で、何代も続く豪農の主であった。

「おーい。おえさん（爺さん）何しちょるんだえ」

「ああ、粘土がないか、調べてんねや」

「ぎち（土）かえ」

「土、土や」

「ぎち探して、どうすんだえ」

「ああ。わしはやきもの作りのロクロ師やさかい、この海の見えるとこでやきもん焼いてみとうて、土を探してるんや」

「そうらんかい。お前さん、大きい体しちょるが、相撲取りじゃないんかえ」

「ああ、昔、力士で立浪紋左衛門というてたんや」

「そりゃとっぴだ。お前さん変わっちょるな。ちょっと、わしんとこで面白い話でも聞かしてもろうかな。こっちへ来いや」

信斎は、のこのこと吉左衛門のあとをついていった。たくさんの棟で囲まれた屋敷のなかを通って、「湯尾吉左衛門」と力強く書いてある表札の家に入った。奥さんが出てきて、「あきゃー大きい方。どうぞお上がり」と出迎えた。

立派な床の間に通され、正座をした。

「まァ、おしずかに（ゆっくり）。どっから来たんかい」

信斎は、江州は信楽の生まれで、そのときからやきものを作り、ロクロ師として大きな茶壺や徳利、鉢などから置物まで、あらゆるものを作ってきたこと、そして信楽から信州へ出て、赤羽《あかばね》や洗馬《せば》で同じようにやきものを作ってきたことを延々と語った。

「そうかえ、そうかえ。そして、この越後までやって来たんかえ。んーな、分かった。まあ、せつね（つらい）こともあったろうが、むさんこ（考えなし）なことあかんで。よくなし（我が儘）やなえ」

「そのとおりだす。でも、なぜか、あっちこっち行きとうて、放浪ぐせちゅうのか、自分ながら辛抱できひんのや。困ったもんだす」

「てこずむ（困った）お人やな」

奥さんが料理を運んできた。活《いき》のいい刺身も鉢に乗っており、燗をした酒も横に置かれていた。

「せーりばち（遠慮せずに）食べて、おしずかに（ごゆっくり）どうぞ」と言って盃をわたし、酒を注いだ。

「すんません、こんなご馳走。遠慮なくいただきます」

信斎は刺身に舌鼓みをうち、うまそうに食べた。盃の酒はぐいっと一気に呑み、吉左衛門にわたして酒を注いだ。

「お前さん、相撲取りやったんやから、酒はいけるんじゃろ」

「まぁ、飲んだらキリがないんで困っとります」

「いや、どおど（たくさん）せーりばち（遠慮せず）食べて、さあ」

「うまい。酒も魚もうまいわ」

「ところでお前さん、流れて能生《のう》へ来たんやが、これからどうするだい」

「は、とにかくここでやきものを焼きたいんや、作りたいんや。ここの土で」

「ふむ。あっちの長岡あたりにはお庭焼もあるし、二、三の窯もある。ここでお前さんが焼いても売れるやろ。わしも、やきもんの窯や作るところ見たい気もする」

吉左衛門は腕を組んで思案している。酒も結構いけるのだが、信斎と同じようにはいかない。顔も赤くなり、酔いも回ってきた。

「やきものを作る職人も、そんなにいやひん。あんたみたいな技術者が流れてきて、たたまたま不思議なご縁でわしに会わせてもろた。これも、わしにやきもの作りの窯屋になれという天の声かもしれん。とっぴだもつけだが（思いもつかないとんでもないこと）、放ってしまうのもあったらもん（もったいない）。よびかり（夜どうし）、考えてみるわい」

「わしは腕があるけど金がないんや。親方が窯を造ってくださるなら、喜んで作らしてもらうわ」

「言うとくけど、わしは何も知らん。みんな、何から何まであんたが手をかけてくれんとあかんにゃ」

「任しといてください。ぜひ、ええ答えを」

「ああ、よっぱらだ（充分だ）。あんたも寝るとこないんやろ。ま、いい答えが出るまでわしんとこで寝泊まりしな」

ありがたい心遣いをいただいて、信斎はこの日から湯尾家で居候をすることになった。

湯尾吉左衛門は、西頸城《にしくびき》で陶器を焼く商売を開業することを決断した。一般的な生活用品としてあらゆる陶器が求められていた時代でもあったし、越後でもその需要が多く、商売としても充分やっていけるという見込みのもとでの決断であった。当然、資本《もと》はすべて出す。その財力があった吉左衛門は、早速、「窯を造ることからはじめるように」と信斎に伝えた。

窯の場所は能生谷《のうだに》（平の井の口）に決め、「能生谷焼」と称した。ここを、のちに「井ノ口焼」と称する人もあった。

窯を造るのに必要な資材を用意するため、信斎は準備にかかった。土も、周辺の山で適した土を探して確保した。薪も近くの山に繁茂しており、すべてがまかなえるという体制が整った。

登り窯を造るほか、成形など仕事場の建築、陶器窯場の建設に約半年がかかった。その間、信斎は吉左衛門の家族と寝食をともにした。また、暇があれば海岸に出て、広々とした日本海の景色を堪能した。

そして、ときには砂浜に円を書いて、子どもたちを集めては相撲をさせた。信斎も、大工や作業員を相手に相撲をとった。下が砂なので、本気で相撲をとってもケガの心配がないので、久しぶりに力を入れてぶつかった。

やはり、元力士。実力に格段の差があり、相手はどんなに頑張っても勝てなかった。つき倒され、投げられ、吊り上げられ、はたき込まれという散々の体である。顔や腹、背中は砂だらけとなっているが、みんなは笑っている。何ぼしても「だちかん（ダメだ）」と、一同降参してしまった。

それにしても日本海は洋々として開けている。信斎の体が、なぜか大きくなったように見えた。

＊

窯が完成し、作業場も整った。だが、越後の地に冬が到来した。一面が雪の世界となる。降りしきる雪が、山野から家並みまでをすぐに覆った。風も強い。こんなときは何もできない。外に出る人もない、言ってみれば冬眠のごとくである。

工場の中と言えども水は凍る。もちろん、土も凍る。たとえ作っても、凍るとバラバラになってしまう。信楽にいたときでさえ、部屋にすきま風が入らないように密閉したし、木を燃やして中を暖めたが、あまりにも冷えた日の夜中、作ったものが凍《い》ててダメになってしまったこともある。この越後ではそれ以上に寒さが厳しく、信楽の比ではなかった。やきもの作りは、春までお預けにするしかない。

信斎は、毎日のごとく雪景色の越後に見とれていた。寒いときは酒で体を温めるのが一番。このあたりの米はうまい。その米で醸造された清酒だから、またうまい。うれしいことに、信斎にとっては好きな酒が朝から晩まで呑めるという環境となった。


「こんなときは、酒呑むしかあらへん」

「あっ、せーりばち（遠慮せずに）呑んで、呑んで」

「悪いな、何《なん》もせんと」

「どんだくれたら（酔っぱらったら）、ひらすみ（昼寝）しんさい」

吉左衛門や近所の男たちが集まってきて、囲炉裏を囲んで呑んでいる。

「信斎さんは、いったい何ぼぐらい呑めるんだい」

「前に一日八、九升空《あ》けたけど、今はそない呑めへん。そやさかいに貧乏したんや」

「へえー。まぁその体やからいけるわ」

「眠うなってきたんで、ひと休みするわ」

周りの者もうとうとしかけて、やがてみんなでひらすみとなった。雪はまだ降り続いている。かねっこーり（つらら）が、軒下にだらりとぶら下がっている。日本海の荒い波音が、大陸からの強風の音とともに聞こえてくる。舞う雪も多く、大きな気がした。

越後の冬は長い。毎日毎日、雪景色を堪能した信斎だが、「人はなぜ、寒くなると寂しくなるのか」とか「寒くなると、なぜ人が恋しくなるのだろうか」と考えた。妻子のことが思い出されて、切ない心になっているのだ。自責の念が、寒さゆえに吹雪のように襲ってきた。

「すまん。堪忍したってくれや」

しかし信斎は、もうこれ以上、自分を責めることはしなかった。そんなことに負けていては、これから先、生きていくことができない。忘れようと、努力することにしたのだ。

＊

越後に、待ち望んだ春がようやく来た。雪も融けて、雪のなかから山の緑も見えだした。能生《のう》谷《だに》の窯場、その作業場に人影が見えている。成形場には信斎が座って、ロクロを回している。いよいよ、陶器作りのはじまりとなった。

「初窯の記念に何を作ろうか」

「そうら（そうだ）ふーむ」と考え込んでから、吉左衛門が言った。

「どおど（たくさん）酒呑んだんで、どおど酒が入る大《おっ》きな徳利を作ってくれんか」

「分かった。窯に入る大きさの、大きな徳利を作るわ」

土を叩いて板に乗せ、パンパンと音を立てて底を作ると、その上へ土のひでを輪にしてくっつけ、両手でひねりながら布キレに水をつけ、ロクロを回転させながら上へ上へと形を伸ばしてゆく。次第に壺の形のようなものができてゆく。吉左衛門は、木の株を切った椅子に座ったまま、

「ふーん、大したもんだ」と言って感心しながら見続けている。

能生《のう》の土は、信楽の土のようにはいかない。粘り、こし（保形性）も乏しいが、ここでやきものを作るからにはこの土で何とかしなければならない。そうでないと、能生谷焼ができないのだ。信斎は、土の悪さを自分の技量で補うしかないのである。

「一ぺんに底から口まで作ってしもうても、腰がもたへん。腰がふくれて、つぶれてしまう恐れがあるんやで。胴の真ん中でやめておく。少し乾いて、硬くなった明日に、この続きの上半分を積み上げてゆくことにするわ」

「ああそうかい。続きは明日か」

信斎は板を両手で持ち上げ、作ったものを床に下ろした。そして、代わりの板をロクロに載せて、次の品物の成形にとりかかった。

「この窯で何を焼いてみたらええか。注文があったらそれを作ることにして、初窯やさけ、今まで作ってきたもんをひととおり作ってみるわ」

「ああ、そんでええ。まあ、能生谷の窯の見本ちゅうこって、いろいろ作ってんか」

図面を見ることもなく、信斎は頭のなかで、次はあれ、その次はあれ、と思いつくままにいろいろと手がけていった。小さいものであれば、一回で形を仕上げてしまった。できたものが板に載せられて、床や棚に並べられている。

吉左衛門は、信斉の器用なロクロの腕に感心するとともに、物珍しさが手伝って気を奪われてしまっている。ロクロで作られる様子を見せてもらっているだけで、楽しくてしようがないのだ。座り込んだまま、そこを離れようとはしない。面白い、よくこんなにも器用に作れるものだと、感心しきりである。こんな素晴らしい技術者が、よくこの地に来てくれたものだ。思わず、うれしさが込み上げてきた。

「だんだんどうも（こんにちは）」と言って、近所の人たちが見に来た。ずらりと並んでいるものを見て、「あきゃー」と言って驚いている。なかには、「こんなもの、家に欲しい」と言って、焼き上がるのを待っている人もいる。

「休憩にして」と、奥さんがお茶を持ってきた。そして、並んでいる品物を見わたして、「よしくいた（ありがとう）。こんなにだちに（うまく）作れるもんねえ」と感心している。

「まだ仕上げをせんといかん。底などを削るんや。細工で付けるもんもある。まぁ、釉薬《ゆうやく》をかけて焼いて、ほんまの品物になってから見てや」

信斎はお茶をすすりながら、自分の作ったものや、見ている人の表情が光っているように感じた。ずいぶん厄介になったし、窯を開く決心をして資本《もと》を入れられた親方にお返しができ、喜んでいただいていることに満足をしていたのである。

それから毎日、初窯を焼くだけの品数ができるまで成形に没頭した。ロクロ成形ばかりでなく、手びねりで牛や蛙などの置物を作るときもあった。大きな体をして、小さな置物や急須《きゅうす》などといった細かい細工も器用にこなしていく。その仕事風景がとても印象的である。もうみんな、信斎のことを「信斎先生」と呼ぶようになった。

＊

窯の煙が黒々として立ち昇っている。知らなかった土地の人々が、何か分からずに、一人また一人と能生谷《のうだに》の窯まで見に来るようになった。

「窯を焚《た》いているんや。これはやきものを焼く登り窯。中には、いっぱいやきものが入ったる。窯焚きは、この火袋で焙《あぶ》りというて、火を入れて少しずつ火を強うして、次の一の間《ま》まで予熱が充分になったら、ここを閉めて一の間《ま》を焚くんや。そこが焼けたら、また次の二の間《ま》を焚く。順に上へ焚いていくんや。間焚《まだ》きは両側、表、裏から薪を放り込むんや。これを窯焚きと言うんや」

信斎が説明をしている。また次の人が来ると、同じように窯焚きの説明をするという繰り返しである。吉左衛門も、何度も聞いているうちに分かってきて、信斎に代わって説明をするようになった。

窯の焚き方や薪の放り込み方、また窯の間が完全に焼き上がったかどうかは、初めての人には分からない。経験を積んでこそ分かるものである。また、焼成温度の調節も難しい作業であった。「色見《いろみ》」と言って、小さい片

窯焚き

に釉薬《ゆうやく》を施しておき、窯の中に入れて途中で取り出し、その焼け具合を見て温度の判断をしていた。窯の間《ま》の奥のすそに穴を開けておき、その穴をのぞいて、火の色で判断をする場合が多い。のちに、「ゼーゲル錐」という温度測定用の道具を使うようになった。

温度が低いと間《ま》の中はまっ暗であるが、七〇〇度ぐらいになるとほの赤くなる。そこから赤黄色っぽい色、そして赤白っぽい色へと変わっていき、一二〇〇度にもなれば相当の高温で、弱い土だと充分に焼けているが、耐火度の高い土になると一三〇〇度ぐらいまで上がらないと焼けない。逆に、焼きすぎると釉薬が溶けて流れてしまう場合があるし、焼きが甘いと光沢がなく、ザラザラに焼けてしまう（ナマ焼けという）こともある。

このように、焼成は難しい仕事である。経験を積まないとできないし、経験を積んだからといっても確かとは言えない。土によって、作り方によって、また釉薬やその仕組み方によって、さらに焚き方によってと、焼くたびにその焼き上がりが違ってくるのだ。大変難しいこの仕事に、これで完璧とか、卒業ということはない。

信斎にとっても、その難しさは同じであった。この窯で焼くのも初めてであれば、この地の土の耐火度も分からない。釉薬にしても、窯によってどのように焼けるのか、焼いてみないことには分からない。不安だらけだが、とにかく焼いてみるしかない。

信斎の頭のなかは、素晴らしくて、よいやきものがこの窯から出てくることを想像しており、一生懸命に窯焚きをしている。もうもうと立ち昇る窯の煙、その黒い煙が空へ昇ってゆくのをじっと見つめている。「どんか、あんばい（うまく）焼けますように」、見続けたあと、深く頭を下げてお祈りをした。

窯焚きが終わると、煙出しの穴（吹き出しという）に蓋をする。蓋をしないと、吹き出しによって空気が吸い出されて、高温になっていた各間《ま》の温度が急激に下がってしまう。そして、急冷になることによって中のやきものが冷めて割れるのである。とくに、品物の底の部分が冷めてキレてしまう。焼き上がったことを喜んでいても、ヒビ割れがしている商品にならない。やきものは、やはり徐熱徐冷。徐々に温度を上げていき、予熱を利用しながら焼成をしていく。焼成が終わると徐々に冷却をしてゆき、冷却が終わってから窯出しをする。これが、やきものを焼く正しい工程である。

無茶なこと、常軌を逸したことをすると、窯焚きの失敗につながる。早く見てみたい、どんな具合に焼けているのか、興味と心配と不安に悩ませられながら二、三日辛抱している信斎、じっと窯が冷めるのを待っている。

「何べん窯焼いても、このワクワク感とドキドキ感は堪らんわ」

信斎は、窯のフタである戸マクラを上から順にはずしながら窯出しをするところである。期待と不安が入り交じった心境で、間口《まぐち》を全開した。熱風が吹き出してくる。やきものが冷めて収縮してゆくとき、「ビン、ビン」という釉薬《ゆうやく》のガラス状の面にヒビが入る音がする。

「ほー、焼けとるわい」

上から下へ、そして奥のほうまでのぞいて、「親方、こんなもんや。見てみんか」と声をかけた。吉左衛門が近寄って、中をのぞいている。

「まだ熱っちえなあ。んーな、ああんべえ焼けとるばい」と満足そうである。

次から次へと焼けたばかりのやきものを、信斎が窯の外に出してくる。窯出し用の鎌で、くっついているところを叩いてはずしている。手伝いに来ていた人たちも総動員での窯出しである。焼き上がったものは、窯から少し離れた空地に品種別に集めるようにした。茶壺、瓶、火鉢、団子鉢、煮しめ皿、徳利、土瓶、茶碗、小皿などさまざまなやきものがあちこちに集められ、まさに瀬戸物屋の風景となった。

吉左衛門はというと、目を光らせている。うれしくてたまらないのだ。一の間《ま》が全部出てしまうと、次は二の間の窯出しである。また、次から次へと出てくる。手伝う人も慣れてきて、鎌の「カン、カン」という音とともにくっついたコロ土をはがしたり、釉《くすり》流れした部分を叩いて平らにしている。

「おう、これが初作りの、記念の大徳利やでえ」と言いながら、信斎は吉左衛門に手わたした。吉左衛門は目を見開いて眺めながら、「わあ、みんごと見事。かがっぽえ（まぶしい）ほどにいいもんだ。よしくいた（ありがとう）」と言って、家まで抱えて持って帰った。
「こりゃ、うちの家宝や」（この大徳利には刻印がなかったので、あとから信斎が吉左衛門に頼まれて、「信斎作」と墨書している。それが今も、湯尾家に残されているようである）

窯出しがすべて終わると、さまざまな種類のやきものが山のように積まれた。近隣の人たちがそのことを伝え聞いて、窯場まで毎日のように見学に来るようになり、次から次と買って帰った。大きいものは、手伝いの者がカチ車（大八車）に乗せて送り届けることにした。自然と、作り手と売り手という関係が成立し、吉左衛門も作ることだけでなく売ることにも力を入れるという忙しい毎日となった。

これらの作業が終わると、また次の窯を焼くために成形を行うために精を出す。この繰り返しである。やきものの売れ行きを見て、次に焼くものを決めていく。近隣の人た

窯出しの品物の山

ちは欲しいものはまた買いに来るので、次の窯では早く売れたものから順に数多く作るようにした。手伝っていた人も住み込むようになり、食事などの世話は奥さん一人では手が回らないために女中を置くようになるなど、湯尾家は人の出入りが増えるとともに商売も繁昌していった。

*

数年が経った。信斎が若い者にロクロびきを教えている。ずっと、わしがここでロクロをひけるわけではない。修行を重ねた若い衆が、自分の跡を継いでくれればと思っている。吉左衛門が、「先生、この若い衆に手をかけてやってな」と頼んできた若者である。初めはうまく作れず、潰してはまた作り直すという繰り返しであったが、一日また一日と、失敗を重ねながらもどうにか形になるようになってきた。

「あんまり水を使うと、土が柔らかなって形が崩れてしまうんや。要領よく伸ばしてゆくのがコツや。いらんとこに力を入れたらあかん。指と中の木ゴテではさむようにして伸ばすんや。水がキレたら引っかかるんで、水を垂らすと滑りがようなる。このように形を整えていくんや」

手本を示す信斎の動きを、若者は真剣なまなざしで追っている。

「さあ、同じ要領で作ってみい」

信斎と交代してロクロを前に座った若者が、恐る恐る作りはじめた。中心から外れた部分がフラフラと回っている。なかなか真っすぐにならない。必死で直そうとするが、どうしようもない。「ちょっと、どけ」と言って信斎が代わると、一瞬のうちに真っすぐになった。そしてすぐ、「作れ」と手で合図をして、若者がそのあとを引き継いだ。

「まぁ、ロクロは、実際自分で納得するまでひいてひいてひきまくって、数ようけい作り込むしかない。それが上達の道やさけ、兄さん頑張りや」

「はい」と言って、若者は頭を下げた。


信斎は忙しい。釉薬《ゆうやく》の調合にも責任がある。窯の近くの釉薬小屋まで歩いていった。桶が並んでいる。大きな杓ですくっては、篩《ふるい》で漉《こ》している人がいる。釉薬の元となる木灰を桶に浸してかき回し、それを漉しているのだ。漉したときは水が多く、灰の量も薄い。これを放置しておくと沈殿し、上層は水、下層は灰が泥のようになる。水をすくって捨て、かきまぜて泥状にするのだが、適度な濃さになるように調釉《ちょうゆう》する作業である。その作業を見守りながら信斎が言った。

「今回の初窯の焼け具合からすると、もうちょっと強くしてもええので、長石に対して渥《あく》の量を減らして調合しよう」

次の窯に備えて釉薬を用意しているのだ。信斎がまた窯の中へ入っていくと、床の砂がきれいに掃除されていた。すぐに匣鉢《サヤ》の数を確認し、指で数をかぞえながら、「あれが何本」、「これが何本」と増やす必要のあるものを数えている。

匣鉢《さや》とは、やきものを積み上げて仕組むための台である。立ち匣鉢、継ぎ匣鉢、敷き匣鉢、合《ゴウ》匣鉢といろいろ種類があるが、これらはとくに耐火度の強い粘土で作っている。窯道具としてたくさん必要で、何度も繰り返し使うことができる。この匣鉢づくりも、信斎の仕事になってくる。

薪も、次の窯を焼くために用意をしておかなくてはならない。松を伐採し、尺三寸から尺五寸位の長さに切り、それを斧で縦に割って、窯の焚き口から投げ込めるような細さにする（割木割）。伐採してすぐの木は水分を含んでいて燃えにくいので、早くから乾燥させておく必要がある。窯の横には、そんな薪が壁のように並べて乾燥させてある。

山で松を伐採することも仕事である。松だけでなく、杉や雑木も燃料として使用した。松葉も燃えやすく、縄でひと固まりにして乾燥させている。このように、信斎は窯を焼く前に用意しておかなければならないことを吉左衛門や若い衆に何度も教え、自らが点検し

窯道具の匣鉢

て補充するなどの指図を行った。

点検を終えて休憩室に戻ってきた信斎は、釜の湯をすくって急須《きゅうす》に入れた。

「みんな、お茶にしよう」と呼びかけると、手を休めてみんなが集まってきた。そのなかに、吉左衛門もいた。

「窯を焼く商売は、何やらかやら、資本《もと》入ればっかりせんならん。儲かったるのか損してるのか分からへん。わしはいつまでたっても損得勘定ができひんのや。親方、しっかり帳面つけて儲けてくらいや」

「ほんま、こんな難しいことちゃ知らなんだ。むさんこにしたらあかんべ。頭使わんとだちかん（だめだ）。でも、結構んーな（みんな）売れてるんで、とっぴだ（思いもつかないこと）。どおど（たくさん）儲かるように」と言って、信斎に向かって二拍手して拝んだ。ほかのみんなも、お茶をすすりながら「そうら、そうら（そうだ）」と言って笑っている。

能生谷《のうだに》焼では、その後も順調に陶器の焼成が続けられた。一年、三年、五年と、携わる人たちも経験を積んで、信斎に頼ることなく仕事ができるだけの技術を会得していった。いちいち指図をしなくても、みんなそれぞれが自分の役目をわきまえてやってくれるので、信斎も肩の荷が下りた。そうなってくると、「もう、するべきことはした。もう自分は用のない人間だ」と思い込むようになってゆく。自らの、やるべき目標がなくなってきたのである。

平々凡々としていられない性格なのである。目標がなくなったら次なる目標を立て、それに向かってまた取り組んでゆく。常に、次は次はと挑戦をしてゆく。野心家なのか、いや飽きっぽい性分なのか、このような心境になるとまた外へ飛び出していきたくなる。信楽や洗馬《せば》を捨てたときと同じような心境が日ごと増してゆく。気ままなのかなと思いつつも、どうにもならないのである。またしても、転機が近づいてきている。

*

明治二三年（一八九〇）のある日、窯出しを行っている窯の前で「ガチャン」という大きな音がした。信斎が壺を投げ捨てて割っているのだ。周りの者がびっくりして見ると、信斎がすごい形相で怒っていた。また鉢を手に取ったかと思うと、力強く投げ捨てた。「ガチャン」と音を立てて鉢が粉々に飛び散った。大きな声で、「あかん。今度の窯はみなあかん」と言っている。

仁王立ちとなって、こぶしを窯に向かって突き倒すような仕草で怒っている。誰も動かず、口を閉じたまま信斎を見ている。恐いのである。

「あかん、あかん」

釉薬《ゆうやく》の調合が失敗だったのか、焼き方が悪かったのか、なぜか焼き上がりがひどく悪いのである。失敗すると売り上げに大きく響く。下手な焼き方をすれば儲けにならないのだ。

「あかん、やめた」

みんなが沈黙するなか、また鉢を投げ捨てて割ると、信斎は窯の横の坂を早足で下りていった。吉左衛門の家へ入っていくと、自らの持ち物を急いで集めて風呂敷に包み込み、吉左衛門夫妻の前へ行って跪くと頭を下げ、両手を前に出して伏した。

「今度の窯、大失敗になりやした。申し訳ありません。これは、みんなわしの責任だす。すまんことしました。お詫び申します。すんまへん。すんまへん。親方、長い間お世話になりました。わしの無理を聞いていただいて、何やかやと厄介になり、ありがとうございました。みんな立派に習うてもろうて、しっかりやってくれると思います。そろそろ、わしは用もないもんになりやした」

何度も頭を下げて謝る信斎である。

「そなこと、たまにはあるがな。しょうがないわ。気にせんでええが」と吉左衛門はなだめるが、信斎は聞いていない。

「このへんで、わしを帰らしてください。もう、どうすることもできんのです。わがまま虫がまたついてしまいました」

「そんなよくなし（わがまま）言うんじゃないよ。なあ、信斎さん」

「いや、わしは決めたら聞かへん男や。親方、勘弁してくらい。たのんます」

いくらなだめても聞く男ではない。親方も黙ってしまった。しようがないという表情である。

「急な無理を、また言うてしもうた。ほんまに許して下され。長い間、あんばいしてもろて、ほんまにすまんこってした」

改めて深く頭を下げると、上り口に置いておいた荷物を肩に前後ろに担いで入り口から出ていった。少し遅れて、おかみさんが追いかけてゆく。やがて追いつくと、紙包みを信斎の懐に差し入れようとした。最初は振り払っていた信斎だが、執拗に差し入れられる紙包みを受け取った。

「ちょっとばかや、持っていき。ほんま、長い間よしくいたね（ありがとう）」

気持ちだけと、お金を包んでわたしたのである。信斎は深々と頭を下げた。

「能生谷《のうだに》の窯、これからもいいもん焼いてくらい。奥さんも体に気をつけてな」

「信斎さんも達者でね。気つけてね」と言って、おかみさんが手を振っている。

五年余りの越後でのやきもの作りの日々を思い出しながら、信斎は一歩一歩と踏みしめるように歩いていく。しばらくして振り返り、小さくなったおかみさんの姿に手を振って、さよならの合図をした。

越後の海は大きくて波が荒い。黒い岩肌に白い波が勢いよくぶつかって、水しぶきを上げている。しかし、開けている。そう、信斎の行く手は開けているのだ。一言に越後と言っても、まだまだ広い。自分が安住できる所はないものかと、人間であるかぎり、住む場所を求める心は常に変わらない。

信斎の人生は、まさに放浪の人生である。波のように、ぶちあたっては散っていく。散っても、散っても、また挑戦をする。引かれても、引かれても、また進んでいく。広い世界に、未知の土地に足を踏み入れては、そこに自分の世界をつくる。一か所にとどまらない、もっとほかの土地と人を、生活を求めて、馴染みのないものを馴染ませてゆく。さまざまな世界を知りたいというこの思い、この気ままさが信斎を放浪の旅に駆り立てるのであった。

信斎が能生谷《のうだに》焼を後にしたのは六九歳頃のことと思われる。現代社会は福祉制度や医療の向上で長寿社会となったが、明治時代のこの当時、七〇歳と言えば大変な長寿と言える。それを可能にしたのは、相撲で鍛えた体だったのだろう。まだまだ活力が残っており、気力も衰えていなかった。越後の能生でやきもの作りに没頭したものの、それで人生が終わりというわけにはいかない。それが信斎の逞しい生命力であり、どこまでも新しい挑戦をしてゆくという生き甲斐なのである。やきものを作る職人の気質には、どうしてもほかの町や村のやきもの作りが見たい、知りたいという好奇心が強くある。それを証明するかのような、放浪の旅がまたはじまったのである。

記録が残っていないので明らかではないが、越後にある以下のような窯の何か所かを信斎は訪れていたと思われる。なぜなら、信斎は「越後の中頸城郡《なかくびき》、西頸城郡《にしくびき》方面に七、八年いた」と語っていたという伝承があるからだ。

・御山焼——長岡。悠久山で焼かれた御庭焼で、瓶子やルリ釉、白萩釉を用いている。
・関原焼——弥彦村。脚付水盤、白萩釉、銅青磁釉を用いている。
・赤坂焼——安田町。
・小沢焼——植木鉢に掛け釉、白、鉄釉。
・赤水焼——羅漢像、裸焼、茶釉、自然釉を用いている。
・漱石焼——染付を用いている。
・稲島焼——壺、裸焼、銅青磁を用いている。
・麻生田焼——いぼ焼、火鉢を焼いている。
・坊住焼——花瓶に貼付花文を用いている。
（佐渡には常山焼や金太郎焼などがあったが、さすがに信斎はここまでは行っていないと思われる）

そして、越後で七〇歳を迎え、「寄る年波には勝てず」と言われる世間の声が我身を覚悟させたのか、信斎はそれ以上北に向くことはなかった。

第6章

甲州秋山焼と信斎

明治24年(1891)〜明治27年(1894)頃

ロクロ成形

今度はどこへ向かったのか。明治二四年（一八九一）になって七〇歳となった信斎だが、体力もあるし、気力も衰えていなかった。まだまだ前向きなのである。やきもの作りにかけては経験がものを言う。ロクロなんかコツでできる、まだまだ作れるぜと、年を気にすることなく次の行き先を考えながら歩いていた。

気がつくと、なぜか来た道である信州のほうに向かっていた。元へ帰ろうとする本能がそうさせたのか、足は南へ南へと向かってゆく。北国街道を進んで善光寺付近まで来た。そこから北国西街道を行くと、かつていた洗馬《せば》である。

松代の村に入った。江戸末期（信斎が生まれる少し前）から、松代藩が殖産興業として開窯した松代焼の窯をはじめとして、寺尾窯、天王寺窯、岩下窯などがあった。

ここの土は鉄分が多く、赤黒い色をした陶器であった。その赤黒さを隠すように、乳白色の失透釉《しっとうゆう》を厚めに施したものがほとんどである。白釉の上から銅緑色（銅青磁）釉を流し掛けたり浸し掛けたりして、まったく信斎と同じような手法であった。しかも、それぞれの窯では職人がしっかりと仕事をしており、技術的にもかなり進んでいると見られた。

ここでは、自分の出る幕はないと悟ったようである。今まで、自分が主役、自分が先生役となってやきものを作ってきた。自己満足……ひょっとしたら自慢をしていただけかもしれない。自分にないもの、進んでいるものを見せつけられ、突然殴られたような思いがした。

そんな所で、七〇歳をすぎた老人を雇ってくれるとは思えない。何も言えず、信斎は松代を後にした。

松本を越えると、なつかしい風景が目に入ってきた。塩尻である。すぐその向こうに洗馬《せば》がある。ちよと八十平がいるのだ。家を飛び出し、放ったらかしにして、我が儘勝手な七年を送った。このまま帰ろうか、いや、帰ったとしてもあの窯でまた仕事や商売をするしかない。それはさすがに気が進まん。ちよや八十平には会いたいが、いくら考えても、考え直しても、やはりあの窯には戻れない。

信斎は洗馬に入らず、塩尻から東へ甲州街道を歩き出した。まだまだ放浪を続けるのである。途中、信濃一の宮である諏訪大社があった。大祭なのか、人が多い。当時の余興の一つとして、近隣在所の若者たちによる相撲大会があった。四本柱を立てて土俵を造り、その周りを多くの人々が取り囲んでいる。土俵上では、二人の男が相撲をとっていた。

「ほぅ、相撲や相撲。やっぱり神社の相撲は違う。多勢が見とるから力が入るわ」

信斎は懐かしそうに土俵下に近づいていった。周りの人たちが、信斎の大きな体を見て注目している。相撲を見て熱くなった信斎は、黙っていられなくなって、大きな声で「もっともっと腰を低うせい。いけー、いけー」と叫んだ。勧進元と見られる面々が、いったい誰が叫んでいるのかと信斎のほうを向いた。

「もっと、ガチンとまわしをつかめ」

外部から突然、相撲の親方のような男が口を出したのである。それを聞いた勧進元の一人が、「ただ者ではない」と信斎のそばに駆け寄った。

「じぶんはどなたかい」

「あっ、わしは信斎というもんや。もとは、四股名《しこな》を立浪紋左衛門と申した」

「ほうけ（そうかい）。じゃあ一つ、仲間に入って相撲を見せてくれんかい」

信斎自身も、こうした宮相撲はずいぶん久しぶりだったので、とってみようと思った。着ていた服を脱いで、褌《ふんどし》いっちょうになった。七〇歳を超えた老人であるのだが、それを感じさせないぐらいそこそこ肉がついていた。体の大きさは、相手の若者よりもやはり大きい。太鼓腹も結構出ている。

勝ち抜き戦もあと二番というところで信斎、いや立浪紋

相撲大会に出る

左衛門の登場である。がちっと相手を受け止めると、ぐいぐい寄ってそのまま寄り切った。次の相手にはがちんとあたり、相手も負けじとつっこんだが、パッと右へかわして右手で背中を叩くと、相手がばったりと前に倒れて叩きこみが決まった。

いよいよ結びの一番。やんやの歓声のなか、信斎こと立浪紋左衛門と地元最強の若者が土俵に上がった。まさに親子、いや爺さんと孫の対決となったのである。地元の人たちはみんな若者を応援した。よそ者の老力士には誰も応援をしない。何者かも分からない爺さんゆえ当然である。

立ち上がった。若者が猛烈に突っ張ってきた。信斎は体ごと突っ張りに耐えた。耐えながら褌をとろうと懸命だ。土俵際でやっと褌を片手でつかみ、左へ振りながら強く投げて体をかわした。見事に信斎の下手投げが決まったのだ。若者は、宙を飛ぶように土俵下に落ちた。

久しぶりの晴れ姿。土俵上に立ち、拍手の嵐を受けて感動している。笑顔の信斎に、勧進元の役員たちが一人ひとりお祝いを述べた。

「お前さん、何してなさるんかい」

「わしゃ、やきもんのロクロ師や。今、越後からこっちへやって来たばっかりや」

「ほうけ。ほうやったら、秋山窯に行ってみれんばええし」

秋山窯とは、明治二〇年（一八八七）に古都三四吉という人が甲西町（現・甲府市）に開窯した所である。行く先をそこに決めた信斎が、また歩き出した。

*

優勝商品としてもらった米一俵を肩に担いでいる。老齢の長旅、さすがの信斎もこたえてきた。やがて街道筋の旅籠《はたご》を見つけると、米俵を肩にしたまま入っていった。

「ごめん」

中から女将《おかみ》が出てきて、「おいでなって」と出迎えた。

「これ、相撲大会でもろた米や。こんなん持って歩けへん。これ宿賃の代わりにしてくれんか」

と、ドサリと米俵を下ろした。

「こんなねこすり（全部）」と、びっくり顔であるが、「ほうけ（そうですか）まァ、お上がりになって」と部屋に案内してくれた。

長旅に体力を消費して疲れ切っている信斎。

「ああ、やれやれ。信州へ帰ってきたが、また今度は甲州や」

「甲州へ何しに行くの」

「やきもんの窯を探しに行くんや」

「甲州やったら、愛宕山か甲斐ヶ根の窯があるとか、あったとか聞いとるが、秋山焼やったら知ってるがね」

先ほど聞いたばかりの窯、信斎にとっては渡りに舟である。

「そこや、そこへ行くんや」

「そうやったら、わたしの名を言うて訪ねなさいよ。はるというの。はるとね」

信斎は、思わぬ助け船に大喜びである。

「お風呂に入りんさいな」の声を聞くや、信斎は勢いよく立ち上がって風呂場へ早足で歩いていった。

ザブンと湯に入ると座り込み、顔をブルブルッと湯で洗った。湯けむりが立っているなか、信斎は手拭いを頭に乗せて目を閉じて動かない。すべての疲れが消えてゆくようであった。

翌日、身軽になった信斎は、足も軽やかに甲州を目指した。そして数日後、ようやく秋山窯に辿り着いた。もちろん、女将に教えてもらった親方にも無事に会うことができた。

秋山窯にも登り窯があった。窯のあちこちや、置き場の小屋の中に焼けた品々が置かれている。どうやら、土瓶や日用品などの小物を中心に焼いているようだ。

当時の庶民生活では、日用品として陶磁器の占める割合が高かった。元和二年（一六一六）有田で初めて焼かれた磁器は、陶器より薄手で白く透明性があるので、主として茶碗や皿、鉢、銚子、神仏具などをはじめとして、軽くて強い品物が焼かれていた。とくに瀬戸では、江戸中期の享和元年（一八〇一）に加藤民吉（一七七二〜一八二四）が九州で覚えた磁器の焼成技術を伝え、文化、文政年間（江戸末期）に陶器から磁器へと転向した窯元が九〇戸あったと言われている。全国各地で、生活必需品としてのやきものが、陶器として、また磁器として大量に焼かれていた時代である。秋山窯は、そうした小物を焼いていたのである。

「わっしはあっちこっちとわたり歩いとるロクロ師やが、途中の旅籠の女将《おかみ》さんで、はるちゅう人に秋山焼を知っとるという話を聞いて、ここへ来たんがね」

「ああ、はるさんはわし好みの女将や。それで、わしん所で仕事しようとゆうのかいな」

「たのんます。わし、行くとこないんや」

「そんなでかい体して、できるんかいな。じぶん（お前さん）へたっくそやったらみぐさい（見苦しい）のであかんで」

「わしゃこう見えても、信楽から数えてみると四〇年余り、やきもん一筋にやってきたんで、まにあうと思うんやが」

「おお、生まれは信楽かい。じゃ、大物が作れるんやろ。ほうけ（そうかい）。わにわにしたこと（ふざけたこと）言うてすまん。実はな、わしの窯じゃ大もんができなかったんで、それはちょうどよい都合や。たのむで」

「ありがとうござんす」

「ところで、じぶん（お前さん）の名前は」

「あっ、自分の紹介すんの忘れとったわい。名は信斎、奥田信斎と申しまする。相撲をやっとったんで、四股名《しこな》は立浪、立浪紋左衛門だす」

「おお、元力士かい。そんで、でかい体しとるんや。わしは相撲を見るのが好きでな、勝沼で辻相撲があるとき、よう見に行くんや」

「そりゃ同好や。きんの（昨日）、諏訪大社の相撲大会で優勝したんや」

「ええっ、そなこと知らんで。失礼なこと言うてごめんでごいす。まあ、わしには楽しみが二つできた。一つはロクロ、も一つは相撲。うれしいこっちゃ。にいしい（新しい）やきもの、これから焼けると思うとうれしいわ」

と、大喜びの親方は、「さあさあ、こっちへ、こっちへおいでなって」と家のほうへ案内した。

信斎が、親方の古郡三四吉や家族、そして番頭格の職人らに宴会を催してもらっている。

「これが、奥田信斎はん。立浪紋左衛門ちゅう元力士や。明日からうちで働いてもらうことになったんで、みんな知っといてや。信楽のロクロ師や。大きいもん作ってもらうし、助けになるわ。たのむで」

「信斎です。よろしく」と言って中腰になると、両手で柏手を打って左足を上げてどんと下ろし、右手を上げると同時に右足を上げ、どんと下ろした。両手を開いて手数入《てずい》り（横綱の土俵入り）の格好をして頭を下げ、再び「よろしく」と言った。みんなは拍手で歓迎のしるしとした。

大きい湯呑みに酒を注いでもらって、前に差し出して「ごっつあんです」と言うや、一気にゴクゴクと呑み干した。にやりと笑いながら親方に湯呑みをわたし、徳利で酒を注いだ。

みんなが酒を注ぎあったり、手料理を皿に取ったりという、にぎやかな宴会がはじまった。番頭や職人たちが次から次へと盃を持って、信斎にお近づきのあいさつを兼ねて酒を注いでいった。一気にグイッと呑み干す信斎の呑みっぷりを、みんなが驚きの目で見ている。

「信斎さんは相当いけるようだね」

「ん、前はよう呑んだ。けども、もうわし七二やで。もうこれからは、そこそこにしとかんと体にようない。あんまり攻めんといてや」と言いながらも、差し出された盃は「いや」と言わず受けて返盃を繰り返した。

甲州は、言うまでもなく葡萄の産地である。果物づくりに適した土地であったのか、葡萄だけでなく、桃、林檎、梨、柿、栗、銀杏などを含めて「甲州八珍果《こうしゅうはっちんか》」と呼ばれて珍重されていた。そんな土地柄、葡萄酒も徳利に入れられて卓袱台《ちゃぶだい》に置かれていた。信斎も、ものは試しとして口に入れたが、変な顔をして唇をパクパクしている。やはり、酒のほうが口に合っているのだろう。

ちなみに、日本のワイン産業は、明治一〇年（一八七七）に「大日本山梨葡萄酒会社」が創業にあたって二人の青年をフランスに派遣したのがはじまりである。醸造技術を習得した二人が同年に帰国して、勝沼町でワインをつくるようになった。

＊

信斎の前に、紙が何枚も重ねて置かれている。その横には、硯《すずり》に筆もある。

「信斎さん。今まであちこちの窯をわたってこられたそうだが、どんなもん作ってきたんか、ごっちょ（めんどう）だけど、一つ絵に描いてくれなはれ。うちでどなもん焼くか、考えたいんや。しっかり（たくさん）描いてや」

親方が頼んでいる。信斎は、「ふんふん」とうなづきながら筆を取った。

「わしが今までに作ったもん、描いてみるわ」と言うと筆を走らせ、「まず茶壺やな。茶壺いうても、生で六尺まで作ったわい。寸法も形もいろいろや。描くの難しいが、大体の格好描いとくわ」と言いながら、さまざまな形の壺の絵を描いた。

「それから瓶や。これも大きいのから小さいのまである。こういう瓶もあったな。焼酎瓶というてたが。酒壺もこんな形、いろいろや」

「からかうなァ（手間をかけるなァ）」と、親方は信斎の絵を見ながらうなづいている。

「梅干壺、塩壺、味噌壺、油壺、お歯黒壺、壺類はこんなもんで、次は鉢。播鉢《すりばち》、紅鉢、こね鉢、水鉢、水連鉢、金魚鉢、植木鉢、火鉢《ひばち》があるわい。徳利も貧乏徳利、燗徳利、控え徳利、カブラ徳利や。ほかに片口、行平、土瓶、カンピン、煮しめ皿、他に神さん仏さんの細かい神仏具があるが、わしはそんなもん作ってへん。せいぜい花瓶か荒神花立くらいや。灯具も細かい。これらは磁器製で、安うようけい出回ったる」

饒舌《じょうぜつ》となった信斎、まだまだ話を続けながら描いていった。

「わしは庭灯籠に凝って、春日灯籠にはいろいろ細工したで。雪見灯籠も作った。これからは火鉢や便器が流行るんやないか。あっ、そやそや、信州では繰糸鍋《くりいとなべ》と煮繭鍋《にまゆなべ》がよう売れて作ったわ。それから置物をいろいろ。牛や猿、蛙、犬などをひねったで。ふーむと、ほかに風呂桶やタライ、井戸枠、鬼瓦、土管、手洗鉢、天水鉢など、変わった注文があったんで作ったなあ。まぁこんなもんや。そやけど、何やらかやら、よう作ってきたもんやなあ」

「まあ、まあ、しっかり（たくさん）描いてもろて、すまん、すまん。助かるわ。よう分かるわ。うちの窯にないもん、このなかからねこすり（全部）作ってんか」と、親方は大喜びである。

一方、信斎は、紙を重ねながら今までのことを思い出して、少し複雑な心境になっていた。

「親方、わしは今日から再出発やと思うてまた作るわ。あんばい復習せんとあかん」

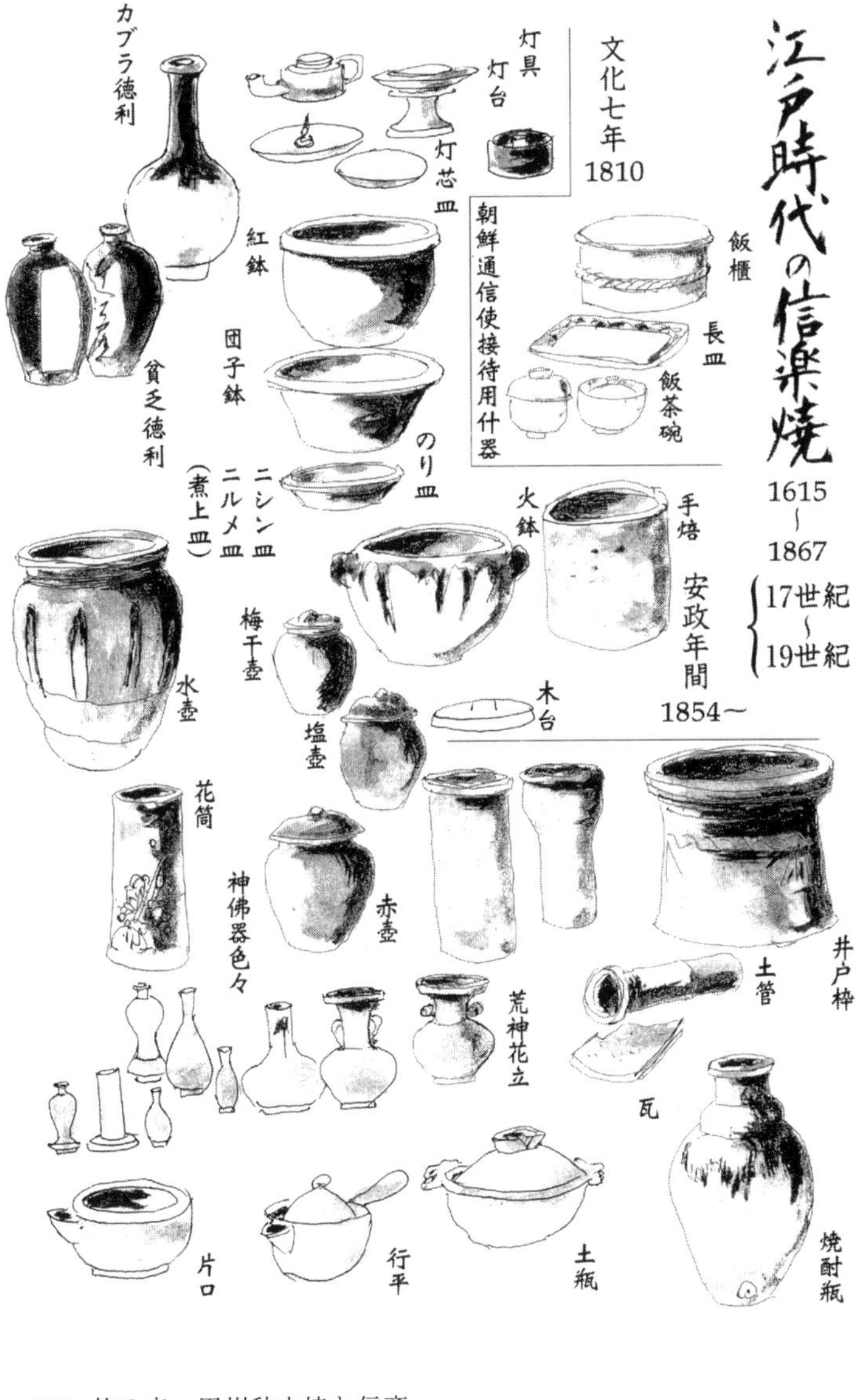
江戸時代の信楽焼
1615
~
1867
17世紀
~
19世紀
文化七年
1810
灯具
灯台
灯芯皿
カブラ徳利
貧乏徳利
朝鮮通信使接待用什器
飯櫃
長皿
飯茶碗
紅鉢
団子鉢
のり皿
ニシン皿
ニルメ皿
(煮上皿)
火鉢
手焙
安政年間
1854~
木台
梅干壺
塩壺
水壺
花筒
神佛器色々
赤壺
井戸枠
土管
瓦
荒神花立
焼酎瓶
片口
行平
土瓶

「そうかいそうかい。しっかり作ってや。てんてんめー（大忙し）やが、あわてんでもええ、じっくり順々に作っていってもろたらええが」

「分かりやした。頑張るわい」

翌日から、信斎はロクロをひきだした。老いてはいるが、体力は衰えていない。作るときの顔は真剣そのものである。しっかりコツをつかんでいるので、誰よりも要領よく仕上げてしまう。ロクロも勢いよく回っている。

こうして、信斎が来たことで、秋山窯でも大型で分厚いやきものが次々と作られるようになり、様相が一変していった。しかも、釉薬《ゆうやく》も分厚くたっぷりと施され、いかにも信斎のやきものらしいものに変わっていった。とくに、壺、瓶、徳利が数多く作られた。

＊

登り窯から、黒い煙が幅広く吹き出している。登り窯には煙突はない。果ての間《ま》（最上段にある最後の焼成室）から出てゆく焔《ほのお》と煙の出口には、障子穴に合わせて「吹き出し」という煙道が造られている。言ってみれば煙突の低いもので、ここから煙が一度にはき出される。

モウモウと天高く黒煙が昇ってゆく。しばらくすると煙が消えるが、それが、窯の中の薪が完全燃焼したことの合図となる。そして、薪の焔が最高潮に達したとき、焼成温度は一番上がることになる。

薪の火力が衰えかける前に、新たな薪を窯の両側（オモテ、ウラ）から同時に投げ入れる。そして、また煙が上がり、薪が猛烈に燃えていく。この繰り返しである。これが窯焚きという工程作業である。土で成形することからはじまり、乾燥、釉《くすり》掛《が》け、窯詰めの工程を経たのち、総仕上げの作業としてこの窯焚きが最後に行われる。

窯焚きをする職人は、よほどの熟練者でないとできない。窯焚きの技術を習得しようと思うなら、まず窯焚き人の助手となって、薪の放り込み方から習得しなければならない。

小さい穴から、勢いよく遠くまで回転させながら薪を投げ入れる技を習得することが必要である。ゴツンと、窯の焚き口からはずれて手を打ちつけてしまうことや、手の平を擦りむくこともあるが、怖いと思うと勢いよく投げ入れることができない。転がるように回転させて薪が窯の中の奥のほうまで届くように入れる加減も、相当慣れないとできるものではない。

回転せずに突き刺さることが多いと、一か所だけに薪が積み重なってしまう。そうなると、その山を越して薪を入れることがなおさら大変となる。積み重なった部分はものすごい火力で燃えるが、薪が届いてない部分は火力が小さく、窯の中は荒焼けとなり、釉薬《ゆうやく》が焼けすぎて溶けて流れたり、逆に十分に焼けない釉薬の部分ができるなど、焼けムラができてしまう。

温度が上がってくると、一度に放り込む薪の量を増やしたり、間隔を短くしていったりするが、このような操作は、焚いている人の経験や勘によって、その時々に応じて決断、実行されてゆく。季節や天候によって、また窯の中の品物の仕組み方によって違うし、焼くたびにその焼き上がりは変わってくる。もちろん、間《ま》(部屋)ごとに調子も違う窯の焼成技術は難しく、これで完璧ということはない。

信斎も、窯焚きの一人として加わっている。鉢巻きをした信斎が薪を放り込んでいるが、その手つきは慣れたもので、楽しんでいるかのように見える。窯焚きは、火袋で焙りの火を入れてから予熱をして徐々に温度を上げてから間焚きに入る。一の間、二の間、三の間と、間ごとに焼成を行っていく。オモテ役とウラ役に分かれて二人で焚くのだが、午前、午後、夕方、夜中と、時間ごとにほかの組と交代することになっている。

窯焚きの日数は、窯の大きさや間数(部屋の数)によ

窯焚き

って異なるが、一週間焚き続けるのが普通である。さすがに夜中は眠いので、薪を放り込んでから次に放り込むまでの間にウトウトと眠ってしまうという失敗がよくある。そのため、薪を放り込むとき、「おーい、やろうか」と合図を送っている。この合図によって、オモテとウラが同時に薪を放り込むのである。ときには、返事がないこともある。放り込んでから反対側を見に行くと、コックリ、コックリと寝入っている相方がいる。

窯焚きの相手と、仕事の合間をみては語り合う。土地のこと、家族のこと、身の上話、何でも語り合うと友達になっていく。信斎の相方は、この秋山から少し離れた多麻村から来ているという。丸茂鉄太郎という名前であった。この鉄太郎と懇意になり、二年後、再び世話になる。

＊

ある日、信斎の仕事場に親方がニコニコしながらやって来た。

「信斎さん、相撲があるで。明日、辻相撲があるんや。巡業力士も来るんで、見に行こうや。たいへん（たくさん）な人や、面白いで」と誘いに来たのだ。もちろん、信斎も大喜びである。

「年寄りやが、わしもいっちょう出たるわい」と、目を輝かせた。

窯の太い柱に向かって腰を据えるとテッポウをして、相撲の準備を早速はじめた。

翌日、二人は勝沼にいた。小さな社のそばの空地に櫓が組んである。四本柱に土俵、「勝沼辻角力大会」のタレ幕もぶら下がっている。相撲好きの好事家が勧進元となって、相撲大会を催しているのである。近隣の若者もたくさん出場しての、地域の祭りとなっている。特別に巡業力士も招待して、本格的な相撲が見られる楽しい興行である。

親方の三四吉が受付係の所へ行き、信斎の出場申し込みをしている。

「七〇歳を超えた老人やし、そこ、うまいこと取り組みに入れてんか」

ということで特別扱いとなり、若者の優勝者となった者を相手に、最後にとらせようということになった。裸になってまわしをつけた信斎が、シコを踏んで対戦に備えている。

観衆はというと、控えている若者たちのなかに混じって、いかにも力士姿が板についている信斎に注目しはじめた。かなり年齢が違うということも歴然としている。よい年をして、若者を相手にしていったいどんな相撲がとれるのか。半分の人が笑い、また半分の人が奇異な目で見ている。

やがて、素人相撲の最後の取り組みとなった。

「西ぃ、奥田」

「東ぃ、山川」

呼び出しとともに、両者が土俵に上がった。やんやの歓声である。ほとんどの人が、若者の代表である山川に声援を送っている。「奥田」と呼ぶ声は一つもない。変なジジイが出てきたもんだと、やはり奇異な目で見ている人のほうが多い。

「ハッケヨイ」の行司の声とともに、両者がどっと立ち上がった。ガツンとあたった瞬間、早くも若者はあたり負けをし、アゴを上げて下がり身である。信斎のほうはアゴを引いて腰も低い。すばやくまわしを取って、両手でのもろ差しになった。

すでに若者は、あとのない体勢になっている。じわじわと寄ってゆく信斎。相手に相撲をさせない完璧の体勢で土俵際まで寄り、最後は腰を下ろしてのがぶり寄りである。左右に逃げ、体をかわそうとする若者だが、どうにもならない。堪え切れずについに土俵を割った。「寄り切り」の完勝であった。

観衆は、こんな年寄りがこんな相撲をとり、若者に何もさせずに寄り切ったという現実に我が目を疑い、あっけにとられている。

「奥田」と勝名乗りを受けると、観衆は大喝采を送った。とはいえ、この奥田という年寄りが一体どこの誰なのか、みんな不審顔である。土俵から降りた信斎は、そのまま土俵下に座り込んだ。引き続いて、巡業力士による招待相撲となった。

懐かしい思い出が信斎の脳裏に浮かんでくる。鳥羽伏見の戦いのときには京都御所に裸でつめ、陛下から関の孫六（刀）も下賜されている。多羅尾代官のお抱え力士として滞在したときもあった。また、巡業力士として各地のこうした相撲大会に招かれて出場したこともある。弟子一〇〇人と言われたが、それも各地から巡業仲間が集まったものである。

このようなことを、信斎はいろいろと思い出していた。あれから四十数年、自分も年も取り、やきもの作りでわたり歩く人生となったが、若い力士たちに出会うことができたことで、知らず知らずのうちに昔に戻っていった。

「好きなことは、やっぱり死ぬまでやめられへんな」とつぶやく信斎の心に、相撲はやっぱり楽しい、相撲をとるためにこんなにもたくさんの若者が集まってくる、わしはとらんでも、若い衆や子どもたちが集まって相撲をとるということはやっぱりいいことや、という思いがむくむくと芽生えてきた。

そんな思いとなった信斎が、勧進元の所へ歩いていった。すると、その代表格の人物が先に声をかけてきた。

「強いですな。若い衆もつぼあし（はだし）でござんす。奥田さんは、いったい何しとるんや」

「はぁ、わしはやきもんを作っちょるもんで、信斎と申す者じゃが、昔、若いときにゃ巡業力士をやっとってん。四股名《しこな》、立浪紋左衛門というてたんや」

「ああ、そうでごいすか（ございますか）。お年の割に相撲がしっかりしちょると見てたんだが、そうでごいしたか」

世話役のみんなに向かって信斎が言った。

「わしはもう年であかんが、ここいらの若い衆や子どもたちに、もっともっと相撲をするように仕向けていかなあかんと思うんや。そんでに、この土俵はずっと据えといて、毎日相撲ができるように、在所あげて協力してやってほしいんだが、どうかね」

「そりゃええええことずら。ぼこ（子ども）も毎日の遊びの場にして相撲しよったらええ。がーたく（わんぱく者）も、じくなし（怠け者）も、みんな相撲しよったら、在所もじょーぶ（何もかもすっかり）ようなる」

周りの人たちも「ほうだ、ほうだ」と賛成している。

信斎の思いが通じたのだ。

「わしも、ちょくちょく見にくるわい」

「立浪紋左衛門さん、しっかり教えたってんかい。たのむでごいす」

「ああ、分かったとも」


これがきっかけとなって、勝沼の、小さい社の前の土俵がそれ以後ずっと設置されたままとなった。そして、毎日のように子どもや若者が暇を見ては集まり、相撲をとるようになった。もちろん、信斎も仕事の都合をつけて、また窯が休みの日には勝沼へ出かけて相撲の指導にあたった。子どもや孫とゆっくり話したり、暮らしをともにした生活が少なかっただけに、子どもたちが元気に騒いでいる様子を見れることが、信斎にとってはうれしくて仕方がないのである。

今日も、子どもたちが相撲の稽古をしている。信斎も土俵に上がって相手をしている。たまには、愛嬌でわざと負けてやる。投げられたように、回転して土俵に転がるのだ。子どもたちは、勝ったとばかりに大喜びである。そして、相撲が強くなったと思い込んで、みんな自信をつけていく。

信斎は、どうしたら相撲をすることの楽しさや面白さを感じてもらえるかといろいろ工夫をしながら教えていった。若者には、相撲の技がどうすればうまく決まるか、その注意点やコツを手とり足とりで教えていた。

右四つが得意な者もおれば、左四つが得意な者もいる。差し手を早く取り、自分が得意とする技を決めやすくするのが一番だと教えたり、投げ技が得意な者には、右手が強ければ右上手を取り、ぐっと押し込んでから、相手がこらえようとする反動を利用して逆に引っぱるように右上手投げをすれば効果的だとか、分かりやすく細かく指導をした。もちろん、若者にも胸を貸し、押しの力をつけさせる相手にもなってやった。まるで、相撲部屋での稽古風景である。

信斎の蒔いた相撲の種は、土地の人たちによって育てられ、見事な実をつけていった。それが理由となって、勝沼の活性化にも多大な貢献をした。そんな恩人のことを忘れまいと、いつのまにか、土俵のある勝沼の小さな社では「紋左衛門神社」と掲額されるまでになった。信斎の情熱を、土地の人たちは忘れることはなかった。

*

相撲に熱狂して、勝沼に足を運び出してから二年の月日が流れた。この頃から、また信斎の心境に変化が生じはじめ、勝沼にも行かなくなった。

秋山焼の窯の前で、窯焚きの相手をしてくれた鉄太郎と信斎が話し合っている。鉄太郎には、洗馬《せば》に残してきた妻と息子がいることを打ち開けていた。

二人が座っている周りには、信斎が作った壺や瓶という大物が大量に積まれていた。かつての小物ばかりを焼いていたときと比べると、どうしても場所を取ることになる。そして、それらが溜まっていくと作るのも消極的になるし、売り上げが伸びないで在庫が気になり出すと、より力が入らないということを鉄太郎に話しているのである。

「一生懸命作ったけども、こう溜まってきたらどうしようもない。親方に悪いな」

「しょうがないわい。やきもんは、秋山だけやないんで。窯が多い瀬戸や信楽から、どんどん出回ってくる。しょうないわ」

「あんまり、親方に迷惑かけとーない。そろそろ、わしの居心地も悪うなった。気ままな性分や放浪癖が、止められんようになってきたわい」

「ま、親方がもういらんちゅうまで辛抱しなはれ」と言った鉄太郎が、「それにしても、信斎さんは、奥さんと子どもを洗馬《せば》に置いたるんかいな。そう遠くないやないか。いっしょに暮らしちゃらんと可哀そうやないか」と続けた。

「分かったる。何ちゅうても、これはわしの気まま。今さら、こんな格好で帰れんわ」

鉄太郎は、こんな信斎を何とかしてやりたいと思うようになった。

鉄太郎は、ちょくちょく郷里に帰っていた。その郷里には、村役をしている丸茂杢左衛門という親類がいた。ちょうどその頃は、「殖産興業」を政策として産業を増やすことを国が奨励していたので、信州や甲州、上州で養蚕、製糸業が飛躍的に発展していた。

鉄太郎の相談を受けて杢左衛門は、信斎に多麻村へ来てもらうことも、村の活性化によいことではないかと前向きに受け止めた。そして、財力のある杢左衛門は、信斎のために窯や住居を用意してやることにした。

秋山窯を去ってゆく信斎、窯の周囲を見わたしている。たくさんのやきものがあちこち並んでいる。これらはみんな、わしが作った子どもみたいなもんや。お前ら、早ういい人にもろうてもらえよ、と心のなかで願った。

見送っている親方や職人のほうを振り向いて、大きく頭を下げた。長い間、そのままの恰好を続けている。

そばには鉄太郎がついていた。多麻村まで信斎を案内しようというのである。またしても、信斎の放浪の旅がはじまろうとしている。今度は、鉄太郎という仲間に世話をしてもらった。同じ職人であるので、窯を開窯するために必要なものが何かはよく分かっている鉄太郎は、杢左衛門に頼んですべてを用意してもらっていた。

準備が整ったと聞いて、この日をかぎりに秋山焼から身を引いて多麻村に移ることになった。明治二七年（一八九四）のことである。

信斎が出ていったあとの秋山焼は、次第に衰退していったという。

第7章

小倉《こごえ》焼と信斎

明治27年(1894)〜明治35年(1902)頃

ロクロ成形

多麻村小倉《こごえ》の地（現・須玉町上小倉）。ここは茅ヶ岳と八ヶ岳の雄大な山ふところに挟まれている斑山《まだらやま》（一一一五・一メートル）の麓にある在所で、高台の上には長栄山見本寺《けんぽんじ》（日蓮宗）がある。その周囲は、薪の燃料となる赤松がたくさん自生している。

その上小倉に、真新しい横長の家が立っている。東西に長い建物、東側が住居に、西側が板で囲った作業場となっている。北側には谷川が流れているという素晴らしい環境のなかに、小倉焼の窯場が造られていた。今か今かと、主の到来を待っているかのようである。

明治二七年（一八九四）、この年に日清戦争が起こっている。信斎は七四歳となっており、白髪も増えている。洗馬《せば》に残してきたちよは還暦を迎えていたし、八十平も二八歳になっていることになる。

鉄太郎につれられて信斎がようやく小倉に着いた。すぐさ

長栄山見本寺

ま、信斎が落ち着く窯場に二人が並んで立っている。粗末な建物ではあるが、窯場としての機能はすべて整えられており、光り輝いているように見える。

「信斎さん、あんたの窯やで。ここでまたやきもん、どんどん焼いて頑張ってや」

「ああ、ありがたいこっちゃ。頑張るわい」

「そんでに、ここへ嫁さんと息子さん、呼んでやりな。親子いっしょに暮らしたらいいが」

「ふーむ」

信斎にも、それがいいのは分かっている。しかし、飛び出して、家族に不自由な思いをさせてきたことへの自責の念と照れもあって、はっきりした返事をしない。

鉄太郎は、李左衛門には信斎親子が暮らして、やきものが焼ける施設を造るように頼んでいたので、信斎が何と言おうと、妻子にここへ来てもらわないと困る。それに、炊事も自炊というわけにゆかない。そんな思いもあって、信斎には内緒で、ちよ宛に手紙を書いて送っていた。

＊

建物を見て回っている信斎。

「あんばいできたるわ。土も庭や縁の下にようけいあるし、こりゃ便利や。ええとこに建ててもろうて、ほんまにありがたい」

喜んで歩いているところに、杢左衛門もやって来た。

「やあ、信斎さんどすか。ようおいでなって（いらっしゃい）。いかがですかな」

「信斎でごいす。このたびは大変なお世話になりまして、ありがとうござんす。また、この鉄太郎さんにも何かとお世話になりました。ほんまにありがとうござんす」と、頭を下げた。

手を差し出した杢左衛門は信斎の手を握り、体を叩いて、「よかった。よかった。頑張ってや。今日からあんたはここの主や。小倉《こごえ》の特産工場やと思うと、わしもうれしい」と言った。

「ありがと、ありがと、すんまへん」

抱き合って喜ぶ二人である。

「ここがあんたの住まいや。遠慮せんと、さあ入って、入って」と、中のほうへ案内した。中では、丸茂両家の奥さんらしい人が二人出迎えてくれた。

「おいでになって（いらっしゃい）」

部屋の真ん中に机が並べられ、その上には鉢や皿に盛られたたくさんの料理があった。

「どうぞ、ここへ座ってください」と、座布団を整えて案内した。

「うわー、ご馳走やなあ」

「信斎さんを歓迎するしるしや」

「どうぞ、しっかり食べてくれはれ」と言うと、すぐ盃を持ち上げ、「いや、こいつじゃあかん。

湯呑みや」と言って、湯呑みを信斎にわたそうとした。それに対して信斎は、手を振って、「せっかくのご厚意、ほんまにうれしいが、わし、今日からは酒を呑まんことにするわ」と言った。「ええっ、信斎はん、酒どんといけるのと違うかいな。そんな遠慮せんでもいいで、さあ、さあ一杯注がせてくんな」

李左衛門はかまわず酒をすすめた。

「いや、えらい気を遣ってもろて、ほんま申し訳ない。すんまへん。悪いけど、今日からは、わし、酒やめることにしたんや」

「何でやな。そんな急なこと言うて」

「まあ聞いとくれ。わしは相撲とっとったし、体もこんなんで、そりゃよう呑んだわ。ぶっ続けで八升、九升呑んだこともあった。酒はいけるけど、呑んだら止まらへんのや。ほんでに、酒ばっかり呑んで、かかあ（妻）にどいら（大きな）迷惑かけてきたんや。信楽の長野でも、洗馬《せば》でも、かかあに愛想尽かされたんや。もうええ年して、ええ加減にまともにならんと申し訳ないんや。そやで、小倉に来た今日をかぎりに、酒をやめることにしたんや。そうさしてくれんか。たのむわ」

このような決意で、信斎はこの日から一切酒を呑まないことにした。酒好きな男にとっては、相当な決心である。

＊

親子が歩いてきた。六〇歳すぎの母親と三〇歳ぐらいの若者が、ともに引き網を肩にして引っぱっている。なけなしの家財道具をまとめて運んでいるのである。途中で道を尋ねたりしながら、多麻村の小倉《こごえ》に辿り着いた。遠くに、真新しい長い建物が見える。

「あれやな」と、二人はカチ車をぐいぐいと引っぱって歩いた。歩きながらちよは、洗馬《せば》の信斎窯でいっしょに働いて、生活をともにしたあの日のことを思い出している。その信斎に九年振りに会える、そのときがようやく来たのだと、うれしさと懐かしさで胸がいっぱいになってきた。涙ぐんでいる。苦労も多かったのか、めっきり白髪も増えていた。

やがて窯場の前に到着した二人は、カチ車を止め、引き網を引手の棒にかけた。その姿を見ていた鉄太郎が、走り寄ってきた。

カチ車を引く二人の姿

「ああ、よう来なさった。信斎さん、あそこにいるんで。さあ、こっちへ来なはれ」

二人を引きづるようにして、信斎のいる所へ案内した。恐る恐るの恰好で、親子二人が信斎のそばに立った。それに気がついた信斎が、一瞬顔の相を変えて近寄った。

ちよは声が出ない。長い間思い、悩み、心配していたこと、辛かったこと、それらの思いが一度に襲ってきたので、声にならないのである。両手で信斎に抱きつくと、顔も見ないで信斎の胸に顔をうずめた。泣いている。震えながら顔をこすった。

信斎も顔をあげたまま堪えている。目には涙がにじみ出ている。そして、「死なんでおれば、会えるのう」と言った。この言葉は、信斎が信楽を出て赤羽《あかばね》に着いたとき、旧知の中川松助に何十年ぶりに再会したときに言ったものとまったく同じであった。

いっそう強く抱き締めて、今度は声を出して泣いているちよ。両手でちよの体を叩いて「よかった、よかった。達者でよかった」と言う信斎は、そばに立っている八十平に目を移し、大きくなって立派な若者に成長している息子を見て頼もしく思った。

「八十平も、ええ若い衆になったな」と、涙目を光らせながら見つめた。

「お父っつぁん。達者でよかったなあ」と声をかけた八十平。忘れかけていた父親の姿がそこにあった。たしかに自分も結構な若者になったが、親父もずいぶん年をとったなあと思っている。

こうして、三人の再会は小倉の地で実現した。言葉は少なくとも、なぜかすべてが通じあった瞬間であった。木の香りが漂っている小倉の窯場《こごえ》。涙をぬぐった三人の新しい生活が、この地で改めてはじまろうとしている。

*

野菜ばかりの質素なおかずで、三人がもくもくと食べている。

「お父ちゃん、酒呑まへんというが、よう辛抱できるな。考えられへん」

「呑まんと決めたんやさけ、おら絶対呑まへんで。もうええ年して、体に悪いわ。酒みたいなもん、あるさけあかんねや。わしゃ酒にはまったんや。何ぼでも呑めるし、呑みかけたらきりがない。この年でも三升はいけるで。そやけどやめた。またこれで失敗したらあかん」

「父ちゃんが酒呑まへんたら、御飯も早いわ。もう食べたんけ」

信斎は「ごちそうさま」と両手を合わせている。ちよと八十平は、慌てて箸をせかせかと動かしはじめた。

「八十平。お前もこれから陶器作りの職人となって、この小倉焼を継いでいってもらわんならんのや。できるかい」

「親父、この窯は、三人が力を合わせてやっていかんなん。分かったるで」

「それで、ちょっとでも仕事（やきもの）を今までしてたんかな」

「洗馬《せば》の信斎窯の子やさかい、ほったらかしの窯が気になったったんで、少しは仕事を習っとかんとと思うて、洗馬焼の窯で少し仕事を習うてたんや」

「ほうかい、ほうかい。やっぱりわしの子やわい」

「いや、ほんの駆け出しで素人みたいなもんや」

「まぁ、これから、わが窯場で、ぼちぼちやっていったらええわ。それでな、お前の名前やけど、八十平から心気一転、一人立ちということで名前を変えたらどうか思うんや。もっと力強い名前を」と言って、少し考えてから『雄蔵』と付けたるわ。雄々しい『雄』に『蔵』や。ええか。雄蔵ちゅう名で呼ぶぞ」

「ふーん。そんでええわ。もう八十平と言わんといてや」

「決まった。この窯は雄蔵窯や。そう呼んでもらうことにするわ」

ちよも八十平も、ニコニコして新しい名前を喜んでいる。

それから半年ほどかけて、信斎の指導のもと多くの人たちの協力を得て登り窯が造られ、一年ほど乾燥させて完成した。

＊

雄蔵は小さ目のロクロ、信斎は大きいロクロを回している。信斎がひくロクロ、往年に比べるとやはり少し粗雑である。年のせいもあるのだろう、体力や腕力に衰えが見える。

一方、雄蔵のほうはぎこちない動きである。まだ駆け出しの感がありありと感じられる。形がうまく整わない。形がふらふらとして、どうにも直せない状況である。「失敗や……」と言ってつぶしてしまった。また、土の塊から作り直しである。

信斎も、なぜか作りにくそうにしている。「腕が落ちたんか、土が悪いのか。どうも勝手が悪い」と、首をかしげながらロクロを回している。信楽で六尺ぐらいの大きな壺を難なく作っていた信斎であるが、老令になった今はそれが無理になったのであろう。また、土の質も、信楽のものと比べればかなり作りにくいものであった。

雄蔵には、修練することによっていくらでも成長してゆくという望みがある。それに、信斎という経験豊かな師がすぐそばにいる。しかし信斎には、今以上に技術を伸ばしてくれる師はいない。年を感じながら、それでもやきもの作りをやめようとはしない。生きてるかぎり作り続ける、それが信斎の人生である。

あっちで作り、こっちで作り、所は変わっても信斎は作り続けた。終わりはないのである。「死なんでおれば会えるのう」ではなく、「死なんでおれば作れるのう」と言うかもしれない。しかし、土はどこでも同じではない。みんな違う。違うけれども、やきものは土でしか作れないのだ。

人間は偉大なことを発見した。大自然のなか、土という資源を見つけだし、それを水でこね、そして手で器などを作ることを考え出し、それを乾燥させて薪や草、葉で燃やして焼くと、堅いやきものになることを考え出した。それに水を蓄えたり、火で煮る容器として使ったりと、どんな形にでも土で作ることができる。その造形は、作る人間の腕によってさまざまである。

老いると、その腕も退化するのか。それは、相撲も同じである。力の限界を悟って現役を引退する。やきもの作りにもその限界があるのかもしれない。しかし、信斎は七〇半ばでまだ作っている。

*

手を休めて、信斎が雄蔵のロクロのほうに近づいていった。作り終えた壺や瓶を見わたし、その一つ一つについては何も言わなかったが、単なる形ではまずいと思ったのか、ある瓶の前で口を開いた。

「これになあ、こういう耳を両側に付けてみるんや。この耳は、獅子の面に細工したらもっとええ」

と言いながら、土の丸い玉に獅子の顔を彫り込んでいる。これは、型にして押したら簡単にできる。それを瓶の両側にくっつけてなでている。

「どうや、ええやろ」
「あっ、また違う感じや。おもろいわ」

このような耳付きの壺や鉢、大きな火鉢は、後世になって古美術店などでよく見かけるものである。信斎も、これまでにこのようなものをたびたび作っていた。「貼り付け文」という技法で、耳に穴を開けて金具の丸い環を入れ、吊り下げられる耳として使用するものである。仮に作りがまずくても、耳を付けることで値打ちをつけるという工夫の仕方を雄蔵に教えていた。

珍しく鍬《くわ》を使って空地を掘っている信斎。土でも掘っているのかと思えば、石や岩も動かしている。どうやら、築庭をしているようだ。わが家の周りが殺風景なので、庭でも造って毎日を楽しもうというのだろう。

どこで習ったのか、自分で考えて池や川や橋と、それぞれの位置を決めていっている。そこへ、得意としている陶製の春日灯籠を据えようと思っているようだ。横には、ちよもいた。同じく鋤で掘っている。借景と言われる造園法にちなんで、雄大な樹木を景色としてつなぎ、それらを利用して自分の庭園に生かそうという考えである。

重い石などを探してきて持ち込んでいる。庭に据えるものは、それに合わせてこれから作らしい。何が必要になるか、置く場所、大きさまでを頭に叩き込み、翌日からの仕事となるようだ。信斎は、陶器の使用例を知ってもらうために、展示場を兼ねて庭を造ることにしたのだ。

翌日、早速、信斎は庭に置くためのやきものを作りはじめた。春日灯籠、これはこれまでに何度も作っているので要領を得ている。台座、竿、中台、火袋、笠、擬宝珠《ぎぼし》と別々に作り、焼き上げてからそれらを積み上げて一つの灯籠にする。それぞれロクロびきをして、少し乾いてから彫ったり削ったりして、透かしを入れていく。細工の見せどころである。

橋も陶器製で、土の棒を組み合わせて枯木の橋を作りあげた。陶器の椅子《トン》、水鉢、葛家の小さいもの、蛙、亀、鶴、兎などの動物をはじめとして、庭に置くやきものはたくさんある。こうしたものが売れれば助かる。

このような置物を見ながら、雄蔵も自分なりのものを作っている。信斎は要領よくさっと作ってしまうが、雄蔵のほうはもたもたと言った感じで、どうしても時間がかかってしまう。こ

信斎の築庭

のように、親子が細工をしている光景を見ていると、実にたのもしい。二人の作業を眺めていたちよも、自分も何か作らねばと思いたち、土を手に取って手びねりをはじめた。どうやら。猫を作ろうとしているようだ。親子三人が揃ってやきものを作る。微笑ましい姿である。

親子がいっしょに仕事をするという職業形態は、時代とともになくなっていった。もちろん、信斎にとっても信楽を出て以来なかったことだけに、雄蔵という跡継ぎができた今、口にこそ出さないが非常に喜んでいた。三人がそろって作陶していると、小倉焼が活気《こごえ》を帯びてくるようだ。

＊

二年が過ぎた。言うまでもなく、信斎もその分だけ老いている。土地の人たちは、商売の相手をする雄蔵が窯の主として見るようになり、いつしかここの窯を「雄蔵焼」、「雄蔵窯」と呼ぶようになった。雄蔵も三〇歳を超え、そろそろ嫁をもらわなければならない年頃である。いや、当時では遅いほうであった。

お客として、何度も雄蔵からやきものを買っている人が、雄蔵にお嫁さんの世話をすることになった。そのおかげで、隣の甲村（現・高根町）に住む小尾せいという女性と結婚することとなった。明治三一年（一八九八）、雄蔵三三歳のときである。一方、信斎は七八歳になっていた。

自宅で執り行われた結婚の儀式。仲人夫妻と家族、小尾せいの両親、杢左衛門と鉄太郎の夫妻など、ごく少数の人たちが集まってのお祝いの席となった。

断酒をしていた信斎だが、この日のめでたい席ではお祝いのしるしとして盃に少しだけ注いでもらって、それを少しずつなめるように呑んだ。長い間、口にしなかったこともあって、少しのお酒で酔いが回ってくるようであった。これ以上ないというぐらいうれしい表情で、二人のあで姿を眺めている。とはいえ、気がかりなことがないわけではない。

信楽に残したままの息子たちのことを思い出しているのである。もう二人とも、嫁さんをもらっているだろう。孫もいるだろう、と思ってみても、その顔は浮かんでこない。

ふと目を開けると、雄蔵の結婚の祝宴が続いている。現実にまた思いを移して、喜びに満ちている周囲の人たちと同じように笑顔になった。

「雄蔵はん、せいさん、頑張りや。しっかり（たくさん）ぼこ（子ども）つくらんせ」と仲人が二人に話しかけると、二人は恥ずかしがって笑っていた。

それからの雄蔵は、父信斎が老いてゆくなか、妻のせいにもやきもの作りを教えながら小倉焼を守っていった。しかし、決して生活は楽ではなかった。

やがて、二人の間に子どもが授かった。男の子であった。名前を「勇敏」とした。そして、その翌年に弟が生まれた。信斎の「信」であり、信楽の「信」をとって「信《まこと》」と名づけた。

＊

信斎は、多麻村に来てからも神社などで行われる辻相撲には必ずと言ってよいほど顔を出して相撲を楽しんだ。築庭もやり、お茶の心得もあった。そのうえ字も上手であり、あらゆる知識をもっている風流な老人と土地の人たちは見ていたようである。

村の高台にある見本寺《けんぽんじ》、八〇歳を超える高齢となったことで、信斎は自らの菩提寺をここにしようと決めていた。

ある日、寺に向かって坂を上っていく信斎の姿があった。手には、自作の徳利を下げている。やがて寺に到着すると、庫裏《くり》に入っていった。

「おいでなって。どちらさまで」

「あっ、わしは、上小倉《こごえ》でやきもん焼いとるもんで、奥田信斎と申しまする」

「ああ、小倉焼かいな」

「そうだす」

「ま、上がりな。どうぞ」と、和尚が迎えてくれた。

「失礼します」と言って上がった信斎は、座布団に正座して和尚に話しかけた。

「わしは江州の信楽の長野の生まれ。家内は信州の洗馬《せば》生まれ。二人ともよそ者やけど、この見本寺の阿弥陀さんにご厄介になりたいと思うとります。よろしうお願い申し上げまする」と、頭を下げてお願いをした。

「ほうけ（そうかい）、ほうけ」と、和尚は快く聞き入れてくれた。

お近づきのしるしとして、信斎は自作の徳利を差し出し、「これを阿弥陀さんの前にお供えしたい」と言うと、和尚は本堂に通ずる廊下へと案内した。本堂に入った信斎は、仏前に正座すると徳利を置き、手を合わせた。

「南無妙法蓮華経、南無妙法蓮華経……」と唱えながら深く頭を下げた。そして、しばらくの間そのままの恰好で動かなかった。信州洗馬の東漸寺《とうぜんじ》でもそうであったように、寺にお詣りするときこそが、自らの先祖へ、今の自分を報告する唯一の場なのである。

信楽、赤羽《あかばね》、洗馬《せば》、能生《のう》、秋山、そしてこの小倉の地へと、やきもの作りの流転の人生を送ってきた。すべてが、自分の気の向くままであった。

その土地、土地でさまざまな人にお世話になり、このような人生を送ってきた。わしは気ままもんやが、今日まで生かせていただいた。何やかやとあったけれども、わしは幸せな人間や。もう元へ帰らへん。洗馬も信楽も、今さら顔を出したくない。あとはもうこのお寺で、わしを祀ってもらうつもりや。この地で焼いた徳利を、ここにお供えするわ。好きな酒ももうやめたから、徳利をお預けしとくわ。

このような胸のうちを、声に出さなくても自らの心に回顧し、それを仏さまに聞いてもらい、またそれを先祖代々にも知ってもらいたいという思いで、阿弥陀さまの前で頭を下げたまま動かなかったのである。

そんな信斎の動作に合わすように和尚はロウソクに火を点し、線香を立てて木魚を叩いて念仏を唱えてくれた。木魚の音と「南無妙法蓮華経」の声が、高台の見本寺《けんぽんじ》から鳴り響いてくる。

明治三五年（一九〇二）に入ると、風邪の影響もあったのか信斎は体調を崩し、病床の身となった。体が大きいので、その世話も大変である。ちよとせいの二人がかりでも結構しんどい。まだ二〇貫（約七五キロ）近いので、思うようには動かせない。毎日の介抱に、みんな疲れ果てていた。

「すまんのう」が口ぐせとなった信斎。

「わしの体は、先祖から授かったもんや。おかげで相撲とりにさせてもろた。この体で、あっちこっち、よう歩いたわ。やきもん作りもほうぼうでやらしてもろうて、ようけのやきもんを見てきたわ。もうこの年で、どこにも行けへん。もう、どこにも行かへんさけ、面倒みてくれよ。頼むわな。すまんのう」

余生が少ないことを、信斎は悟ったのである。

少し気分のよいときは、机に向かって座るようになった。何かを考え、何かを書いている。半紙に筆を走らせながら、書いては捨てを繰り返しながら、また書いている。信斎が他界してからこれは見つかるわけだが、辞世の歌を書き遺していたのである。

蝉の声がやかましいほどの夏。お盆を前にした七月一一日、信斎はちよと雄蔵、そしてせいに見守れながら絶命の淵にあった。

口に出ないが、信斎の脳裏には、今日までの人生が走馬燈のように次から次と思い起こされていたのである。文章として残っているものはない。信斎しか知らない流転の人生、放浪漂泊の旅。常にやきものにかかわって、その窯場に自らが体得した知識と技術を伝え残してきた。いずれ、それが花となり実となって育ってくれることだろう。それは相撲も同じである。

わしの行った所それぞれで、わしの何かを受け止めて、発展していってくれたらこんなにうれしいことはない。そこで会い、生活をともにした人たちとの過ぎし日の思い出を思い浮かべている。みんなが喜んでいる顔ばかりが浮き出てくる。もう一度会いたい、そんな思いで胸がいっぱいになって、閉じた目から光るものがあった。

ちよがハンカチでそっと目もとを拭いてやったが、信斎に目を見開くだけの力は残っていなかった。信斎の終焉も近い。

信斎は幻覚を見ている。

笙《しょう》の音がもの哀しく流れてくる。しばらくして、小さいながらもかん高い相撲太鼓のバチの音が「テンテコ、テンテコ」と早回しに響いてきた。

やがて、暗やみのなかから白い神衣をまとった男女が出てきた。男は「火の神・迦具土《カグツチ》ノ神《カミノ》命《ミコト》」、女は「土の神、埴山《ハニヤマ》比《ヒ》売命《メノミコト》」。やきものの神である。

照明が強くあたり、二人の神は笙と小太鼓が奏でるテンポの速い音楽に合わせて、白い神衣を勢いよくなびかせながら踊っている。やがて伴奏が加わって火祭りとなった。炎……炎……炎。

神秘な踊りが終わると周りは徐々に暗くなり、二人の神は暗闇に姿を消した。と同時に、信斎の首がガクンとうなだれ、動かなくなった。

「お父っつあん」、「お父ちゃん」、「お父さん」と三人が呼びかけたが、返事も動きもなく臨終となった。そばにいたみんなもこらえ切れずに泣きだした。年のわりには巨体の信斎。白髪が目立つが大きくて動き出しそうな信斎だが、もう動くことはなかった。永遠の眠りとなった。明治三五年（一九〇二）七月一一日、享年八二歳であった。

流れる涙をぬぐいながら、三人は永遠の別れに観念した。布団のそばにいた孫の勇敏と信《まこと》は、まだ幼いため何も分からない。

見本寺の和尚が、雄蔵窯に葬儀のためにやって来た。信斎の築庭を見わたしながら、そこに置かれているやきものの数々に目を止めて、感心した面持ちである。

「まさにやきものに一生を賭けた男の残した素晴らしい風景だ」と、和尚はつぶやいた。

和尚が霊前に座り、枕念仏を唱えたあとに信斎の書き遺した辞世の句を雄蔵が差し出した。

「これ、親父の書き遺したものです」

和尚は手に取って読み下した。

嗚呼楽《ああらく》や　無常の風に誘われて　孫子残して　長野旅立

長野とは、信楽の在所である長野村のことである。和尚がそれを繰り返し読み上げた。

嗚呼楽や　無常の風に誘われて　孫子残して　長野旅立

自分の死を察した信斎は、自らの思いを伝えておこうと思って書き遺した辞世の句である。この句が、信斎が語らなかった心情を思い知らしている。部屋には、線香の臭いと煙が漂っている。木魚《もくぎょ》の音、「南無妙法蓮華経」と唱えるお経が続いている。

「嗚呼楽や」、本当に気楽やというのか、楽しかったというのか、信楽の長野から出て、二度と帰ろうとしなかったことに対する強がりか。

「無常の風」、信楽から出るときも、信州の洗馬《せば》を出るときも、また越後の能生《のう》を出るときも、そして甲州の秋山を出るときも、すべて無常の風に誘われたからという言い訳か。平常に満足せず、自ら無常の生き方をしたのではなかったか。あるいはまた、次々と多くの陶産地を訪ね歩いてみたいという放浪の旅が楽しかったのかもしれない。

「誘われて」、誘われてはいないけれども、信斎の気ままな性分は誘われているように思え、自分の責任でなく、無情の風が誘いよったんだと言い訳をしているのであろう。

「孫子残して」、信楽の長野に残してきたのは、妻子だけでなく孫もいるであろうということである。「妻子」と書かなかったのは、よほど妻たよとの関係が悪かったのであろう。あるいは、今の妻ちよへの心配りかもしれない。信斎は、どこの土地へ行っても子どもたちを相撲などで可愛がり、自らの子どもや孫のことを忘れることはなかった。孫や子どもたちだけには、よい親父でありたかったのであろう。

「長野旅立」、やはり信斎は長野の生まれである。二度と帰らぬ決心のもとここまで来たが、人世を終焉するときとなると生まれ故郷が一番気になったのである。だから、辞世の句は旅立ちのときに帰っているのである。

この辞世の句は、明治四五年（一九一二）、ちよが他界したのち、雄蔵が二人のために墓碑を造り、そこに刻まれた。

角力名　立浪紋左ェ門藤原信斉

辞世　嗚呼楽や　無常の風に誘われて

孫子残して　長野旅立

江州甲賀郡
信楽長野村

奥　田　先　祖　代　々　墓

立信院斎波日性信士
恵信院妙誉日斎信女　各霊位

見本寺にある信斎の墓

終章

信楽を出て異郷でやきもの作りをした人たち
——その貢献の記録

登り窯の横で仕事に励む陶工たち

一　全国の産地に影響を与える信楽焼

奥田信斎（立浪紋左衛門）の物語、いかがであったろうか。筆者としては、信斎が天国で怒っていないことだけを願っている。また、読者の方々には、ここまで読み進めていただいたことに感謝したい。そして、多少なりとも、やきものの世界を知っていただけたものと期待している。

ここからは、江戸時代から明治時代にかけて信楽を捨てて異郷の地へ行き、その土地に移り住んでやきもの作りを教えて、その土地で他界した人々を紹介していきたい。もちろん、彼ら自らも一職人としてその土地で働き、各地で多大なる貢献をし、後々の世まで語り伝えられて現在においてもその名前が残っている人たちである。しかし、信楽の人々はそれを知る術《すべ》がなかった。

当然、彼らにもふるさとへの望郷の念があったであろう。父や母、先祖、家族、親族、知人、友人たちに、伝えたくても伝えられなかったのだ。信楽を出てからの異郷での人生、今、その足跡はその土地の人たちの記録によって明らかになっている。奥田信斎については物語として伝えることができ、一四三年振りにふるさとのみなさんのもとに帰ることができたが、それ以外にもまだまだたくさんの人が信楽から出ていっている。そうした人たちの記録を伝えていきたい。

笠間焼（茨城県笠間市）

笠間焼のはじまりには諸説があるようだが、江戸中期の安永年間（一七七二～一七八一）、信楽の陶工である長右衛門が箱田《はこだ》に来て、広大な土地をもつ久野半右衛門と出会って、土地に粘土が出ることから製陶をしようと長右衛門に築窯を頼み、やきものを焼いたのがはじまりとされ、当初は「箱田《はこだ》焼」と称された。それに続いて宍戸焼も開窯し、明治元年（一八六八）、美濃大垣から田中友三郎が移住して拡大され「笠間焼」と呼ぶようになったという。これが理由で、長右衛門が笠間焼きの祖とされ、現在、箱田の地で「久野陶園」として続いている。そして、この長右衛門こそが、信斎の先祖であることが分かってきた（次節を参照）。

のちの天明元年（一七八一）、この陶園の瀬兵衛が伊勢参りを兼ねて信楽に行き、長右衛門の弟か義弟と言われている吉三郎を呼んで日用陶器を焼きはじめている。吉三郎の長男を「長右衛門」と名付け（二人目の長右衛門）、その子どもである秀吉は益子へ行って久野姓を名乗っている。後年、箱田に戻った長右衛門と吉三郎が笠間で再会したのではないかと想像される。

また、大正時代に奥田源太郎も笠間で窯を開いている（現・奥田製陶所）。そして、昭和二七年（一九五二）、益子町陶器伝習所の指導員として京都から水谷藤太郎が行って笠間で狸を焼いているが、この藤太郎は、信楽狸の本家と言われている藤原銕造（狸庵）の育ての親である水谷万次郎の長男である。館林市の茂林寺にある笠間焼の狸は、彼の作である。

益子焼《ましこ》（栃木県益子町）

笠間の久野窯で習得した技術で、啓三郎が嘉永六年（一八五三）に開窯した。笠間焼に来ていた啓三郎が、益子の大塚平兵衛の養子となり、大塚啓三郎として創業した。杉山次郎平の次男で、文政一一年（一八二八）の生まれである。

またのちの明治四三年（一九一〇）には、信楽の神山より神山広造が、土瓶作りと、土瓶などへの絵付けの技術を教えに行っている。有名になった山水土瓶の絵、皆川ますさんの絵付の基になって、信楽と益子がまちがえられるような土瓶が焼かれていた。

明治の末には、神山庄太郎も行っている。そして、明治二〇年代には信楽の長野から初代今井道平が益子へ行き、壺、花瓶などの作り方や絵付けの指導を行い、明治二七年（一八九四）、七六歳で益子にて他界している。

飯能焼《はんのう》（埼玉県飯能市）

天保元年（一八三〇）に双木清七、双木清吉がはじめる。天保三年（一八三二）、双木清吉が信楽から陶工を初めて招いているが、信楽から飯能に行った陶工は以下のとおりである。

恒右衛門――文政元年（一八一八）生まれ。一二歳で飯能へ行き、双木八右衛門の下男として働いて嘉永六年（一八五三）に五〇歳で他界。

新平――文政生まれ。天保年間に一二歳で高松七郎左衛門の陶工として飯能へ行く。双木八右衛門の養子となり、双木新平となる。明治一四年（一八八一）、六四歳で他界。

善七――信楽の神山、川口重五郎の息子。慶応三年（一八六七）に一柳勝五郎の養子となり、一柳重五郎となる。明治二〇年（一八八七）、五五歳で他界。

卯兵衛――信楽の小川、山本重右衛門の二男。双木新平、双木八右衛門の所で働く。明治二四年（一八九一）、七二歳で他界。

洗馬《せば》焼（長野県塩尻市）

信楽から出た中川松助が天保一四年（一八四三）頃、洗馬に中川窯を開窯した。

赤羽《あかばね》焼（長野県辰野町）

慶応元年（一八六五）、信楽から出て洗馬焼を開いた中川松助と、小河盛右衛門、小松五右衛門の三人が開窯した。そこへ明治元年（一八六八）、信楽から奥田信斎が指導に行った。

信斎焼（長野県塩尻市）

明治三年（一八七〇）に信楽から出ていった奥田信斎が開いた窯。明治一八年（一八八五）まで焼く。

能生谷焼《のうだに》（井ノ口焼）（新潟県頸城郡能生町）

明治一八年頃に開窯。奥田信斎が指導した。『能生町史』によると、創始については、中国人夫妻がはじめた説や明治初頭に湯尾吉平が主宰してはじめたという説などがある。

秋山焼（山梨県甲西町）

明治二〇年（一八八七）、古郡三四吉が開窯。土瓶などの日用陶器を焼いていた。明治二五年（一八九二）頃に奥田信斎が協力してからは、大物で釉薬がたっぷり掛かった壺や甕、徳利などを焼くようになった。信斎が小倉《こごえ》に移って廃窯。

小倉焼（**雄蔵焼**）（山梨県多麻村）

明治二七年（一八九四）、奥田信斎が開窯したもので、二代目雄蔵が継いでからは「雄蔵焼」と称されている。

松代焼（長野県長野市）

文化、文政から天保年間にかけて、藩主真田幸専に招かれて信楽の陶工が指導に行っているが、詳細は不明。

久居焼《ひさい》（三重県津市久居）、**阿漕焼《あこぎ》（安東焼）**（津市安東町）

嘉永元年（一八四八）、信楽の陶工である上島弥兵衛が倉田久八に招かれて御用窯を再興した。「再興安東」と言い、のち万古風《ばんこふう》の土で「阿漕焼」とも称した。

久居焼は久東山善造の創設で、安東焼の師とも言われているが、その久居焼で信楽の上島弥兵衛は茶壺を焼いていたが、信楽の長野村の定めでは、信楽で修業した者は多国へ行って茶壺を作ることは禁じられていた。ちなみに、この定めを犯すと「腕を切る制なり」とある。

信楽の者に、「弥兵衛が茶壺を作っている」の報があり、信楽から捕り方が来たが、弥兵衛は機転を利かせて急いで蓋を作り、「この壺は茶壺ではなく菓子壺だ」と言って蓋をして、「湿気を防ぐ構造だ」と称して難を逃れたという話がある。一方、大谷焼（徳島県鳴門市）で茶壺を焼いていた忠蔵は（天明年間）、陶技の国外漏洩罪で処刑されたという話も残っている。

随悟庵（三重県伊賀市）

伊賀上野にて天保元年（一八三〇）から五年間、小河得五郎（得斎）が窯を開いた。老後、得五郎は七八歳で信楽に戻っている。

大谷焼（徳島県鳴門市）

天明四年（一七八四）、納田平次平衛が開いた。兄の賀屋文五郎が藍商売の旅先で知り合った信楽の陶工である忠蔵を連れ帰り、大物の壺瓶作りの陶技を修得しての開窯だった。大物陶器の大谷焼の起源は忠蔵にあるわけだが、その忠蔵は前述のとおり、陶技を国外に漏らした罪で捕らえられて、信楽で処刑（腕を切断）された。

因久山焼《いんぎゅうざん》（鳥取県鳥取市）

寛政年間（一七八九～）京都の陶工六兵衛が来て、御室焼の陶法を授けたことがはじまり。のち、文化七年（一八一〇）頃に信楽の陶工勘蔵が来て陶業をはじめ、その子どもである勘助も家業を継いでいる。文政年間（一八一八～一八二九）には四戸の陶家があったという。

石見焼《いわみ》（島根県・江津市、浜田市、益田市など一帯）

温泉津《ゆのつ》では宝永年間（一七〇四～）、江津《ごうつ》では宝暦一〇年（一七六〇）頃、益田市では安政元年（一八五四）から開窯するなど各地に窯がある。明治三六年（一九〇三）に組合を創設し、次いで模範工場を江津村と温泉津町に設け、さらに明治四二年（一九〇九）には石見村に模範工場を移し、信楽、京都、岐阜から教師を招いて事業の発展を図った。信楽の二代目今井道平、今井金作は明治三八年（一九〇五）に家族ぐるみで温泉津に行っている。

その後、江津の泉工場と山吉工場で働き、明治四〇年からは上府の山崎工場アケヨシ屋で従弟の先生になり、明治四二年には浜田の吹ヶ迫工場と大吉屋工場で従弟の指導にあたり、石見村の模範工場の指導者ともなった。そして、晩年は火鉢を作っていた。江津に「陶祖今井金作之碑」があるという。

当時を知る土地の人たちの話では、今井金作は信楽で一番最初に火鉢《ひばち》を作った人で、釉薬《ゆうやく》に詳しく、酒と女に失敗して郷里を出たと言われている。娘さんが大変な美人で、ロクロのひでしをやっていたという。

前述「益子焼」の項で、初代道平が老年になってから益子へ行ったことを記したが、その子である二代目の金作もまた郷里から出て、明治四五年（一九一二）、四九歳のときに石見で亡くなっている。親子が郷里を出ていかねばならないこと、そして郷里に帰ってこなかったことは不思議な出来事と言える。道平親子、また金作の家族たちは、心のなかにふるさと信楽を思い、帰りたかったであろうが、誰かに伝えることなく異郷の地で生涯を終えた。

越前焼（福井県越前市）

越前焼は日本六古窯《ろっこよう》の一つ。平安時代にはじまったが、江戸時代以降は小規模な雑器生産にとどまっていた。

明治元年（一八六八）、越前町小曽原《おぞはら》の山内修蔵が、同じく越前町の左近弥左衛門を招いて陶器づくりをはじめ、同一一年に相木七郎右衛門の窯を買い取って経営拡大した。その子である山内伊右衛門が、明治二〇年（一八八七）、信楽の陶工である今井又四郎と奥田源之助を招いてロクロ師となった。

奥田源之助は土地の娘キサと結婚し、女四人、男一人の子をもうけている。その長男である奥田織之助は父のロクロ回しを手伝っていたが、父源之助が大正九年（一九二〇）に他界し、陶器づくりをやめて大阪の工場でボイラーマンとなる。その後、昭和四〇年から五〇年（一九六五〜一九七五）、電動ロクロが入った頃には陶芸を趣味とし、上手に成形をしていた。織之助の次男が葵家に養子に入って、葵直喜氏陶芸家窯元「源之助窯」と称している。

今井又四郎、奥田源之助の二人は、信楽焼の瑠璃釉《るりゆう》や海鼠釉《なまこゆう》を使って火鉢や茶壺などを焼いた。越前に残っている彼らの焼いた陶器は、信楽と越前の区別がつかないほどだと言われている。しかも二人は、雪で仕事ができなくなることを苦にするほど働き者で、職人気質が強かった。越前の積雪に不機嫌となり、春を待ちわびていたそうである（福井県陶芸館のパンフレットによる）。

まだまだ私たちが知ることのできない人たち、記録に残っていない人たちが全国各地に眠っていることだろう。「ご苦労さま」、と言ってあげたい。

異郷の地から見るふるさと信楽。さまざまな視点からふるさとを見つめ直すことで、ふるさとをより深く知ることができるのではないだろうか。外に出ていったからこそ分かった信楽のよさ。おそらく先人たちは、信楽を出て初めて信楽のよさに気づいたのではないだろうか。

それは一つに、やきもの作りへの思いがみんないっしょであり、それが連なっているということである。信楽の心、それは全国のお客様に喜んでいただける、楽しんでいただける、可愛がっていただける、気に入っていただける、素晴らしいやきものを作って提供する務めがあるということである。

信楽で焼き続ける者はもちろん、異郷に出てやきものを焼いた者も、信楽を消し去ることはできない。それが信楽の誇りなのである。お互いに、過去から未来まで連なっていくのである。ありがたいことではないか。陶祖、先人から現代の仲間たちまで信楽の陶人として連なっている。守ってくれている、助け合っている、自分一人だけの力ではどうにもならないということである。

信楽の力は大きい。それが伝統というものになるのだろう。共存共栄の伝え、ありがたいことではないか。そのことに、現在信楽に住むみんなも気づかなければならない。信楽の誇り、それに気づかなければならない。

まぶたを閉じればひろがる、懐かしい風景、
わがふるさと。
時代とともに街並みや人びとが変わっても、
わがふるさと。
心の中で変わらず、静かに息づいている。
ときおり、振りかえりたくなる。
ときおり、誰かに伝えたくなる。
わがふるさと。
異郷の地で土となった先人たちに、
今改めて、その思いや伝えたかったことを、
私たちは察してあげよう。
御苦労さまでした、と。
時代とともに変わっても、わがふるさと。
おかえりなさい、何という温かい言葉。
心からお迎えさせていただきます。

ふるさとの、信楽人として
やきものに関わった数多くの先人に、
よく頑張ったね、努力したねと、
その御労苦を、心からねぎらいたい。
感謝の言葉と心でお迎えさせていただき、
後世に伝えていくことを、
約束致します。

信斎作の茶壷

二　笠間焼の祖、長右衛門と奥田家のつながり

表題のことについて語る前に、まず奥田家のこと、そして私と奥田家の関係を説明しておこう。信斎が明治元年（一八六八）、信楽を出て赤羽《あかばね》に行ったあとの消息は誰も知らない。もちろん、信斎の実家でも、その後の信斎のことを記録する文書は何も残っていなかった。しかし、その長男の新作が信楽から大阪に出ていき、弟の長六が奥田家を継いでいることは分かっている。そして、妻とくとの間に明治一一年に長五良が生まれ、弟として新六と末吉が生まれていることも分かっている。

信斎のその後のことについて分かったのは、昭和四二年（一九六七）になってからであった。長野県塩尻市の教育委員会において「塩尻史談会」が開かれ、「陶工奥田信斎の作品とその生涯」という調査を行い、その結果を同年発行の雑誌〈信濃〉（二月）の別冊として発行したことによる。塩尻市から、関係者が当時の信楽町教育委員会に来られ、奥田信斎の実家である奥田博氏とつながり、塩尻史談会の調査結果を見せていただいて初めて、信楽を出ていってからの信斎のことが少し分かった。とはいえ、すべてが明らかになったわけではない。

私の姉が奥田博氏に嫁いだことで、私は博氏の義弟となり、信斎の親族となった。それが理由

で、信斎の生涯を少しでも知りたい、その苦労や土地に貢献してきた立派な生き甲斐を少しでもみんなに伝えたいという一念で、病身の博氏に代わって今日までいろいろと調べてきた。それが、信斎へのせめてもの追善供養になると思ったのである。その調査結果をもとに、分かった範囲でその放浪の様子をフィクションとしてまとめたのが本書である。

今を生きる私が、今知り得るかぎりを書き残しておくことが重要と考えてまとめたものであるが、その調査は本書を書き上げたからといって終わったわけではない。現在もいろいろと調査を行っている。そんななか、誠に不思議なことが分かってきた。

前節でも述べたように、笠間焼の祖は信楽の陶工「長右衛門」とされているが、その長右衛門は、現在のどこの家系になるのだろうか。以前、それを調べるために笠間から信楽に来られた人がいたが、姓が分からず明らかになっていなかった。

ところが、本書を書き終えたころ、信斎の家系をさらに調査しようと奥田博氏の所有される戸籍や固定資産の資料をいっしょに調べていたところ、かつての土地のなかに「長右衛門屋敷」（宅地）というのがあって、当時はまったく過去の資料がなかったので他人の土地と思い、町の関係者に、戸籍にもないため抹消してもらったということを奥田氏が思い出された。

たしかに「長右衛門」で、場所は以前に登り窯があった所である。今回思い出したことで、やはり「長右衛門」は奥田家の先祖であると確信した。奥田家には、長右衛門、長六、長五良という代々の名前が続いており、土地の所有者名にもあったことから、現在の奥田博氏の先祖になるものと断定してもよいと思われる。また、窯を築く「窯搗《かまつ》き業」を代々されており、信斎も長右衛門もそれができたために異郷へ出ていってやきもの作りをし、また伝授したものと考えられる。

大地主や大屋敷のある家に、「やきもの作りの窯を築きませんか」と尋ね歩いていく。当時はやきものが日用品の中心であり、興味深さもあって、財力のある人が陶工の協力によって開窯されたのかもしれない。ただ、窯を開くためには、その土地で陶土を見つけだすことが前提条件となる。

長右衛門も、信斎も、その土地で土を探し、窯のない所に窯を築いていった。大工の棟梁と同じように長右衛門と信斎は、それぞれの土地で興味深いやきもの作りの主役となって働き、指導者として厚遇され、快い日々を送っていたのではないかと考えられる。

信斎が辿った放浪人生、その土地の人たちに喜ばれ、その土地の産業振興に大きな貢献をし、役目を果たすとまた次の土地へとわたり歩いた。結構楽しく、やり甲斐のある人生を送っていたと見ることもできる。それがゆえに、信楽に戻ってこなかったのかもしれない。もちろん、長右衛門もそれは同じであっただろう。

紋左衛門の生家。窯道具に屋号

登り窯はほとんどなくなりガス窯に

また私は、茨城県陶芸美術館の学芸課に勤務されている栗田健史氏と信楽で会う機会に恵まれ、笠間焼についてや信斎のことを語り合ったこともある。その際、大阪に出ていった信斎の長男である新作の長男が新治良（明治一一年生まれ）で、その長男の名が実は「紋左衛門」であること、そしてその紋左衛門の長男が昭信氏であり、現在笠間市に住んでおられることが分かった。父とともに大阪で鉄工所を経営していたが、どういう縁か笠間に移っていた。長右衛門の霊が呼び寄せたのだろうか、誠に不思議なことである。時代は違うものの、長右衛門も紋左衛門も二人いたということが明らかになったわけである。

さらに、不思議なことが分かった。それは、笠間焼と益子焼のつながりである。

栃木県茂木町在住であり益子焼の陶工である久野守代氏と私は、これまでに益子と信楽で会ったことがあるのだが、以前から「長右衛門の出生家が信楽のどの家なのか」と問われていた。今回、長右衛門は信斎の生家、奥田博家になることを伝えたところ、久野守代氏から驚きとともに、「実は、長右衛門も二人いた」ということを知らせてもらった。これも驚きの出来事である。

一人目の長右衛門は、安永二年（一七七三）に信楽から笠間へ来て、笠間の箱田で久野半右衛門とともに陶業を創業している。数年後、訳あって水戸へ行ってしまったが、後年また戻ってきたという。二代目の久野瀬兵衛が伊勢参りのとき、信楽に赴いて陶工を招聘し、長右衛門の弟か義弟と言われている吉三郎を笠間へ呼び寄せている。その吉三郎の長男が「長右衛門」を名乗るようになり、二人目の長右衛門となったということであった。また、その長男が「秀吉」という人で、久野守代氏の父である。

秀吉は笠間から益子へ移住して大物のロクロ職人として働いたが、大の相撲好きで、村の相撲大会で何度も優勝し、家に届いた商品が豪華で周囲の人がたくさん見に来たという自慢話を守代氏は父親から聞いたと言っている。そして、「信斎とは格が違うかもしれませんが、どこか血のつながりのようなものを感じます」とも守代氏は話してくれた。

奥田家（信楽）、長右衛門（笠間）、そして久野家（益子）とが、トライアングルのようにつながった。江戸中期、安永年間より、信楽から行った長右衛門と吉三郎が、笠間と益子のやきもの産地創始と振興に大きく貢献したことが、今、改めて確認することができた。信楽で陶工をしている私としては、これ以上にうれしいことはない。

その昔、各地のやきものの産地にかかわった信楽生まれの陶工がたくさんいたことを、改めて認識していただければ幸いである。

あとがき

信楽の人たちは、信斎が亡くなったことを翌年の明治三六年（一九〇三）に風の便りで知った。巡業力士として各地を転々とし、神社で行われていた相撲や辻相撲で有名であったし、在所の長野では、氏神の新宮神社で毎年行われていた相撲大会に顔役として出場し、相撲の興隆に大きな貢献をしていたということで、信斎こと「立浪紋左衛門」の追善奉納相撲を新宮神社で開催したという。

信楽の陶器産業の発展の原動力は、人と技術と開発力によるところが大きい。そのもととなる陶工の優しさや素晴らしさがあったため、これまでにさまざまなものが毎年作られ、今日の陶産地として発展してきたのである。信斎は、その信楽の土の偉大さを認めていたのである。信楽でやきもの作りをする人たちは、この土の恵みに改めて感謝しなければならないのではないか、と信斎は思っていたのであろう。そんな信楽の現在の様子を、ここでお伝えしたい。

やきものの産地は全国的に不況となっており、その原因は、日本経済の低迷、東北での大震災も関係しているであろう。それ以外にも、中国をはじめとした外国製の安価な陶磁器が日本に進出してきたことや、流通機構の変化によって都会にある陶磁器の卸商や小売店が衰退したこともある。その背景には、日本人の生活様式が変化したことでやきものの需要が激減したという現状がある。いずれにしろ、産地をとりまく状況は、その将来性を危惧する要因ばかりである。

信楽焼の生産高は、平成四年（一九九二）の一六八億円が最高で、平成二二年は四〇億円あまりと四分の一になっている。建材（タイル、大型陶板など）が一九億円、食卓用品（食器類）が九億円あまり、インテリア、エクステリアが七億円弱、植木鉢が一億六〇〇〇万円、花器類が二億五〇〇〇万円などで、とくに大手メーカーの減産が大きい原因となって、業界全体の先行きは暗い。

今後の信楽焼の振興対策はいかにあるべきであろうか。世

新宮神社の横から始まる窯元散策路

界的な経済悪化のなか、日本は平成二三年三月に東日本大震災が発生し、大津波による広大な被害、また福島の原子力発電所の放射能汚染といった被害が生じ、復興再建に向かって国民にまでその負担がのしかかろうとしている。このような国家多難な時代に遭遇して、陶器だけでなく消費はさらに低迷し、あらゆる産業、とくに日本文化の象徴となってきた伝統工芸品の前途は厳しいものとなっている。

こうした背景のある現在の日本の状況において、信楽焼の振興対策を考えることは大変難しい。国際的に通用するグランドデザインの創出、技術や感性の向上、アイディアを発揮した新商品の開発、産官学の連携強化と異業種交流を促進してのコラボ商品の研究開発、東京などの大都市で直販できる信楽焼のアンテナショップの開設、インターネットを活用した国内外への商品販売促進、大手通販業者に採用される商品の開発、などを町全体として考えていかなければならない。

現在人気となっている「陶器市」や「陶器まつり」などにおいてさらにユニークなイベントを開催したり、日本六古窯《ろっこよう》の産地と一体となった海外に向けた宣伝活動、そして日本の伝統的工芸品や伝統工芸士が連携することによって日本の焼き物文化を啓蒙し、それぞれ販売促進を図っていくという振興対策も必要であろう。

いずれにしても、まずは信楽に直接来ていただいて、見て、買っていただける、町全体をショールームにするようなまちづくりが望まれる。言うまでもなく、それは観光にもつながるため、紫香楽の宮や歴史文化財を活かした観光振興策も必要となろう。

　これらのことを、信楽焼陶器業界をあげて、何よりも業者自らが活路を見いだしてゆく研究努力がもっとも重要となる。そのためには、信楽焼振興協議会を中心に、信楽陶器工業協同組合、信楽陶器卸商業組合が一体となって振興対策を樹立し、甲賀市および滋賀県、ひいては国の指導支援を得るために懸命必死な努力が今求められる。言ってみれば、これからの信楽焼を担っていく若者たちが希望のもてる業界をどのように構築していくのか、そのリーダーや組織づくりが今求められているのだ。

　考えてみれば、本編で描いた時代は、すべてのやきものが登り窯で焼かれていた。時代は流

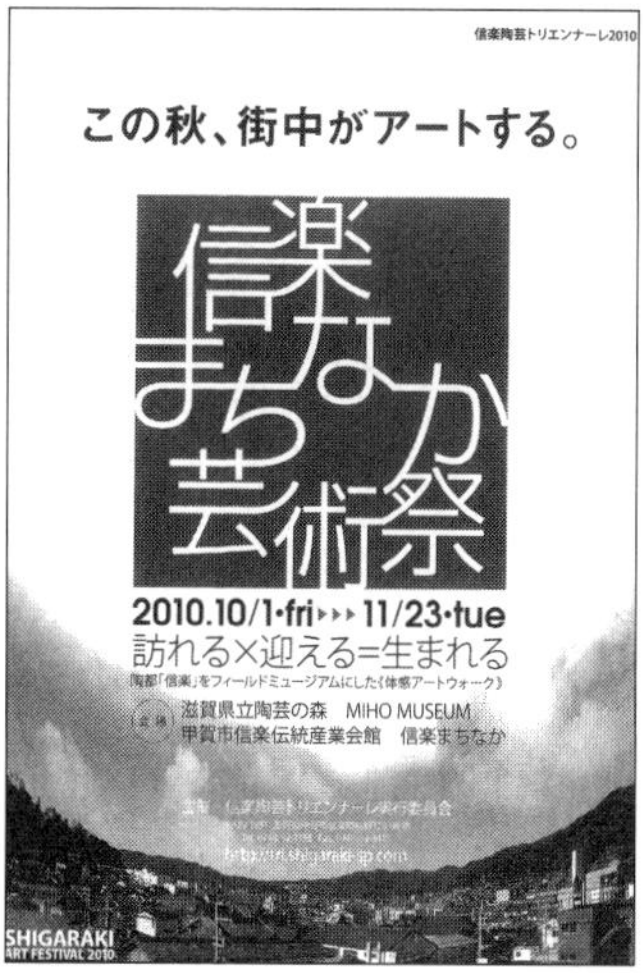

平成22年に開催されたトリエンナーレのパンフレット（左）とその様子

れ、大気汚染防止法や公害が問題になったため、煙害をもたらす登り窯は追放され、また国の中小企業近代化の施策もあって平地室に移行した。そのため、かつて長野地区に九〇基もあった登り窯が今は一三基しかない。信楽に来られて窯元散策をされる観光客の方に、かつてのような光景を見ていただけないことは残念である。

しかし、環境省は、平成一三年（二〇〇一）に「全国かおり風景百選」の一つとして「古窯信楽の登り窯」を選定し、平成二〇年（二〇〇八）には経済産業省が「産業遺産」として信楽の登り窯を選定している。この事実は、信楽の登り窯がいかに注目され、貴重な財産として重要視されているかということである。これも、観光につなげる大きな材料ではないだろうか。

素晴らしい陶土、穴窯や登り窯を使っての独特の陶器作り、伝統的な技術や技法を駆使した信楽焼のやきもの。本書の主人公である信斎をはじめとした多くの先人たちがそれらを守

やきものを活かした散策路

り、各地で産業振興に貢献してきた。そうした歴史が、これからの信楽焼を支えてくれる。先祖代々受け継がれてきたやきもの作り、この世のあるかぎり窯の火を消してはならない。古窯信楽、日本が誇る伝統文化――時代が変わっても決して滅びることはない。

信斎（紋左右衛門）のことをフィクションで著そうと思って彼の放浪の軌跡を調査してきたが、明らかになったことは、たかが一〇〇年ほど前のことが、忘れ去られているか、不確かな記憶や言い伝えでしか残っていないということであった。その土地に歴史研究家や文化財保護に取り組む人がいなければ、このような歴史を伝えていくことができないのだ。人間は文字を書くという素晴らしい能力をもっている。何事も、可能なかぎり書き残して、後世に伝えていかなければならないということを、本書を著すことで痛感した。

今私は、信斎の作品が骨董の世界に現れることを楽しみにして、よく骨董店に出入りしている。そして、彼の陶印を見つけるとうれしくて歓迎する。懐かしさも手伝うのだろうか、思わず言ってしまう。「おかえりなさい」と。

信斎よ、心配することはない。今、長野（信楽）のみなさんに、こうして立派にその人生の様子を伝えさせていただいた。そのことを、天国で知っておくれ。

最後になりましたが、本書を「シリーズ近江文庫」の一冊として刊行していただきました「たねや近江文庫」のスタッフのみなさまと、たねやグループCEO山本徳次さま、株式会社たねや社長山本昌仁さまに感謝致します。そして、調査、取材でお世話になりました栃木県茂木町の久野守代さま、糸魚川市教育委員会の小島治夫さまをはじめとしたみなさま、すべての方のお名前を挙げることはできませんが、この場をお借りして御礼を申し上げます。そして、本書の編集作業にあたり、さまざまなご配慮とお知恵を頂戴いたしました株式会社新評論の武市一幸氏にも深く感謝を致します。

本書によって、信楽焼の歴史などが一人でも多くの方に伝わることを願っています。

平成二三年　秋

冨増純一

参考文献一覧

・桂又三郎編著『時代別　古信楽名品図録』光美術工芸、一九七四年
・平凡社編『やきもの事典（増補版）』平凡社、二〇〇七年
・加藤唐九郎編『原色陶器大辞典』淡交社、一九七二年
・信楽町史編纂委員会／甲賀高等学校社会部『信楽町史』臨川書店、一九八六年
・平野敏三『信楽――陶芸の歴史と技法』技報堂、一九八二年
・黒川真頼／前田泰次校注『増訂　工芸志料』（東洋文庫254）平凡社、一九七四年
・浅野本来『信楽やき』学芸書院、一九三六年
・塩尻史談会編「陶工　奥田信斎の作品とその生涯」、雑誌〈信濃〉第一九巻第二号、一九六七年二月号
・塩尻市文化財調査委員会編『塩尻市の文化財』塩尻市教育委員会、一九七六年
・塩尻市「塩尻市史談会会報」（第三号）一九七九年五月
・柴田實編『滋賀県の地名』（日本歴史地名大系25巻）平凡社、一九九一年
・塩尻市誌編纂委員会『塩尻市誌（第四巻）民俗　文化財　史・資料等』塩尻市、一九九三年
・能生町史編纂委員会編『能生町史（上・下）』能生町役場、一九八六年
・まるき葡萄酒株式会社のホームページ　http://www.marukiwine.co.jp

「シリーズ近江文庫」刊行のことば

美しいふるさと近江を、さらに深く美しく

海かともまがう巨きな湖。周囲230キロメートル余りに及ぶこの神秘の大湖をほぼ中央にすえ、比叡比良、伊吹の山並み、そして鈴鹿の嶺々がぐるりと周囲を取り囲む特異な地形に抱かれながら近江の国は息づいてきました。そして、このような地形が齎したものなのか、近江は古代よりこの地ならではの独特の風土や歴史、文化が育まれてきました。

明るい蒲生野の台地に遊猟しつつ歌を詠んだ大津京の諸王や群臣たち。束の間、古代最大の内乱といわれる壬申の乱で灰燼と化した近江京。そして、夕映えの湖面に影を落とす廃墟に万葉歌人たちが美しくも荘重な鎮魂歌（レクイエム）を捧げました。

源平の武者が近江の街道にあふれ、山野を駈け巡り蹂躙の限りをつくした戦国武将たちの国盗り合戦の横暴のなかで近江の民衆は粘り強く耐え忍び、生活と我がふるさとを幾世紀にもわたって守ってきました。全国でも稀に見る村落共同体の充実こそが近江の風土や歴史を物語るものであり、近世以降の近江商人の活躍もまた、このような共同体のあり様が大きく影響しているものと思われます。

近江の自然環境は、琵琶湖の水環境と密接な関係を保ちながら、そこに住まいする人々の暮らしとともに長い歴史的時間の流れのなかで創られてきました。美しい里山の生活風景もまた、近江を特徴づけるものと言えます。

いささか大胆で果敢なる試みではありますが、「ＮＰＯ法人　たねや近江文庫」は、このような近江という限られた地域に様々な分野からアプローチを試み、さらに深く追究していくことで現代的意義が発見できるのではないかと考え、広く江湖に提案・提言の機会を設け、親しき近江の語り部としての役割を果たすべく「シリーズ近江文庫」を刊行することにしました。なお、シリーズの表紙を飾る写真は、本シリーズの刊行趣旨にご賛同いただいた滋賀県の写真家である今森光彦氏の作品を毎回掲載させていただくことになりました。この場をお借りして御礼申し上げます。

2007年６月

ＮＰＯ法人　たねや近江文庫

理事長　山本徳次

著者紹介

冨増純一（とみます・じゅんいち）

1938年、信楽町長野に生まれる。1992年、伝統工芸士に認定される。2010年、秋の叙勲で「瑞宝単光章」を受賞。陶号は「壺久郎」。絵付けの陶器を専門としている信楽焼の窯元。

多くの水墨画も描いている。


信楽町議会議長、信楽町議会議員（３期）、信楽文化財専門委員委員長（委員19年）、信楽町観光協会会長（８年）、甲賀市観光協会会長などを務めた後、現在、「甲賀市史」の編纂委員、信楽古陶愛好会会長、信楽焼伝統工芸士会の会長を務めるほか、韓国イチョン市との国際陶産地交流に尽力している。

著書として、『信楽焼の鑑賞（Ⅰ）』（信楽町、1973年）、『信楽焼の鑑賞（Ⅱ）』（信楽町、1975年）、『伝統の信楽焼』（信楽焼資料美術館、1978年）、『信楽焼歴史図録』（信楽古陶愛好会、1990年）、『しがらきやきものむかし話』（編著、信楽古陶愛好会、1998年）、『古たぬきのやきもの図録』（しがらき狸学会、2001年）、『絵で見る信楽焼』（信楽焼振興協議会、2002年）、『信楽の文化財ガイドブック』（信楽町観光協会、2006年）、『陶都　しがらき窯元散策ガイドブック』（信楽町観光協会、2010年）

《シリーズ近江文庫》
紋左衛門行状記
——酒と相撲とやきもの作りの放浪人生　（検印廃止）

2011年11月15日　初版第１刷発行

著　者　冨　増　純　一
発行者　武　市　一　幸

発行所　株式会社　新　評　論

〒169-0051　東京都新宿区西早稲田３-16-28
電話　03(3202)７３９１
振替・00160-1-113487

落丁・乱丁はお取り替えします。

定価はカバーに表示してあります。

http://www.shinhyoron.co.jp

印刷　フォレスト
製本　桂川製本
絵・写真　冨増純一
装幀　山田英春

ISBN978-4-7948-0886-8